科幻文学馆
Science Fiction Museum

哪

汪诘·著

天津出版传媒集团
百花文艺出版社

图书在版编目（CIP）数据

哪 / 汪诘著. -- 天津：百花文艺出版社，2021.9
ISBN 978-7-5306-8122-0

Ⅰ.①哪… Ⅱ.①汪… Ⅲ.①长篇小说-中国-当代
Ⅳ.①I247.5

中国版本图书馆 CIP 数据核字(2021)第 160109 号

哪

NE

汪诘 著

出 版 人：薛印胜
选题策划：成 全 **责任编辑：**成 全
装帧设计：丁莘苡 **营销专员：**王立宸
出版发行：百花文艺出版社
地址：天津市和平区西康路 35 号 **邮编：**300051
电话传真：+86-22-23332651（发行部）
+86-22-23332656（总编室）
+86-22-23332478（邮购部）
网址：http://www.baihuawenyi.com
印刷：天津光之彩印刷有限公司
开本：710×1000 毫米 1/32
字数：55 千字
印张：7.125
版次：2021 年 9 月第 1 版
印次：2021 年 9 月第 1 次印刷
定价：32.00元

如有印装质量问题，请与天津光之彩印刷有限公司联系调换
地址：天津市宝坻区潮阳工业园管委会路东 1 号
电话：(022)29644996
邮编：381015

作者简介

汪诘

科普作家。科普自媒体联盟“科学声音”执行秘书。科普著作《时间的形状——相对论史话》获第八届国家文津图书奖。另有《星空的琴弦》《亿万年的孤独》《未解的宇宙》等十多部科普作品出版。自媒体频道《科学有故事》在全网关注总数超过 500 万。作品《时间囚笼》发表于《科幻立方》2017 年第 3 期，获第十八届百花文学奖·科幻文学奖。

目录

01 /[1]

02 /[7]

03 /[15]

04 /[23]

05 /[41]

06 /[59]

07 /[71]

08.1 /[79]

08.2 /[87]

08.3 /[93]

08.4 /[105]

08.5 /[111]

08.6 / [117]

09 / [129]

10 / [149]

评论 一部真正的人工智能科幻小说
——吕哲 / [153]

评论 时间旅行的另类解法
——董铁强 / [173]

杂谈 时间玩家：
制造虫洞玩转时间机器
——汪诘 / [195]

对话 科幻作品应具备现实意义：
汪诘访谈 / [213]

01

我始终怀疑,这不是一部小说,而是正在发生的未来。因为我有自知之明,我没有实力编出这样的情节，当我写完这篇小说的最后一个字时。我突然感觉,这一切,或许真的只是早已写就的宇宙剧本中的一节。这篇小说本身,就是计划的一部分。

我先来介绍一下我自己：我是一个科普、科幻作家，出过8本科普书和一本科幻小说集,获过一些不大不小的奖项,在网络上我有一个自媒体叫《科学有故事》,每周都会做些科普音视频节目,算是有一些忠实的读者、听众和观众,但走在大街上也从来没有被人认出来过。我婚姻美满、家庭幸福,有一个3岁的儿子和13岁的女儿。

这个故事开端于2019年年末,在结束了《未来科技体验馆》第一季的专栏后,我需要为3个月后开播的第二季策划一个与众不同的软广告。这事折磨了我几天,在这个时代,要想出一点别出心裁的广告创意,真的挺难。

很多时候,我写作的灵感往往来自网络上的一些帖子或者小视频。那天晚上,我打开搜索引擎,键入了“未来”两个字,按下确定键,用时0.43秒,出来10亿条搜索结果。我一目十行地翻着搜索结果,随机往前跳跃着点页码,我并不知道自己想要什么,这世界上有很多东西都是当它出现的时候,你才知道它就是你要找的东西。

我很不经意地瞄到一个标题“豆瓣未来人KFK未来预言大全”。这个有点意思，我点开了网页。

半年前，豆瓣网站上突然来了一个自称从2060年时空旅行回来的人，ID[①]是KFK，他开始回答网友关于未来的问题。陆陆续续回答了几百个问题，因为回答得很有意思，被网友自发结集传播。而我看到的这个小视频就是网友自发传播的“KFK语录”。

看完几百条KFK语录，我忍不住笑了。我微笑有两个原因：一、我知道，在社交网站上以未来人的身份回答问题是一个古老的游戏，没记错的话，最初是从日本的社交网站流行起来，没想到

① ID，全称Identity Document，也称身份标识号。是身份证标识号、账号、唯一编码、专属号码、工业设计、国家简称、法律词汇、通用账户、译码器、软件公司等各类专有词汇的缩写。

这么古老的游戏在豆瓣上还能火起来;二、我想要的那个广告创意不就已经有了吗?

我也可以创造出一个未来人,让这个未来人先火起来，勾起大家围观未来人预言的兴趣,然后,挖一些坑留到我即将开播的专栏中来填。哈哈,这真是一个非常妙的创意,感谢 KFK 给我的启发。

02

我想好了，就从未来人的一封来信开始。

我要让这个头开得非常低调，让我的听众们体会那种顺着一根细藤居然摸出一只巨瓜的惊喜感。于是，我在 2019 年最后一期节目的尾巴上，不经意地跟所有的听众报告了一件有趣的事情：

> 在本期节目的最后，我还想跟大家说一件事情，我最近收到一封神秘的来信，信写的很短，我给大家念念：

“汪先生,作为一名出生在2030年今年39岁的未来人，我听了您《未来科技体验馆》的这个节目,觉得很有趣。不得不说,您的有些预测挺准确,但有些也很可笑。为了回馈您给我带来的这份欢乐,我决定冒险回答您25个有关未来的问题。顺便说一下,为了证明我确实是未来人,我可以告诉您后天纳斯达克综合指数的收盘指数为:8945.65。祝冬安。”

就是这么一封简短的邮件,你们可能已经猜到了,当我看到昨天的纳指收盘价确实是这个数字时,我惊呆了。我开始郑重思考我要问他关于未来的哪些问题？大家帮帮我,你们想知道关于未来的哪些问题,请在留言区写下来,我会选择这些问题中我也感兴趣的向他提问,注意,按他的说法,他生活在2069年，所以，我们的问题不要涉及他的未来。

不出意料，这期节目的评论区非常热，各种各样的留言像潮水一样涌来。总体来看，大多数留言都是抱着一种看热闹不嫌事大的心态。他们向未来人提出的问题五花八门，但大多数都是一些想戳穿未来人的问题，最典型的就是这个：能不能告诉我下一期双色球的中奖号码？

说实话，这个问题其实一点都不高明，这恐怕是所有向未来人提问的游戏中最常见但也是最没有技术含量的问题，回答这个问题的方式已经被过去的“未来人”用无数种方式回答过无数遍了。典型的回答是这样：

根据时间旅行法案，不得向过去的人类

透露有可能使其不当得利的信息。

还有更简单直接，但无可反驳的回答：

> 对不起，我以前从来没有关心过双色球的号码，就算像你一样关心，如果我问你10年前的某一期双色球中奖号码，你能回答得上来吗？

像上面这样的回答，已经被过去无数个“未来人”用烂了。假如我要回答这个问题，那我也一定得想点有新意的答案来。

当然，也有很多听众认认真真地提出一些有关未来的好问题，例如：作为一个未来人，能否给现在的年轻人一个实用的忠告或者警告？

像这样的问题，未来人就无法用记不得了这

种方式来推脱了，就好比假如我们现在要给五十年前的人一个忠告的话，我们可以这样忠告：旧时代虽然漫长，但终会结束，中国会迎来知识分子的春天，它们在未来会成为全社会最需要的人，高考也会重新开启。当别人都不读书的时候，正是你抓紧时间学习文化知识的最好时候，别人都在原地踏步，你哪怕走得再慢，只要走起来，若干年后你会把他们都远远甩在后面。

还有一位听众，问了一个我认为非常有智慧的问题：能否告诉我时间旅行的科学原理是什么？之所以我觉得这个问题很有智慧，因为这个问题看似简单，其实隐含着好几层"杀机"。我揣摩了一下这位听众的动机，通过这个问题，可以测试出这个未来人的知识含量，如果他仅仅是简单地回答"我不知道原理，就好像我只会用手机，但说不出手机的工作原理"，说明此人的知识层次不高，他的回答也就不值得认真对待。但如果此人能回答得有水平，哪怕他是冒牌货，那也是一个值得听他怎么“编”的高级冒牌货。假如这真的是一个未来人，那么通过对这个问题的回答，可以大致判断出未来人的穿越形式，只有深度科幻爱好者或者深刻理解与时间旅行相关科学知识的人，才不会下意识地认为时间旅行必然是肉体的穿越。可以说，这个听众也是一个“高手”。而我，喜欢与高手过招。

按照我的策划，我需要做一期单独的节目，向“未来人”提出25个问题。这25个问题，一部分我会从听众的真实提问中选出来，这样可以尽可能地让听众有参与感，提高节目的粘着度。但，我自己也会编一些有技术含量和“挖坑”的问题。

03

一周后，我在节目中正式发布了向未来人提出的25个问题，其中大约一半是我精心设计的问题，还有一半是从网友的留言中选取的。在我精心设计的问题中，有一些是用来透露未来人特殊身份的，有一些则是我精心挖的“坑”。还有几个问题就是炫技用的，因为我心里已经想好了一些与众不同的答案。

1.你是男的还是女的？

2.你的到来不会产生祖母悖论吗?

3.你就不担心自己在这个时代出了意外回不去?

4.时间旅行是属于某些人的特权吗?

5.能不能告诉我2020年某一期没开奖的双色号码?

6.能否告诉我时间旅行的科学原理是什么?

7.请问未来比特币能达到100万美元一个吗?

8.中国的房市还能持续上涨多久?

9.火星上是否已经有了常驻的人类?

10.你们那个时代,什么东西最贵?

11.你们那个时代人类能够拥有AI①伴侣

① AI,即人工智能(Artificial Intelligence)的英文缩写。它是研究、开发用于模拟、延伸和扩展人的智能的理论、方法、技术及应用系统的一门新的技术学科。

了吗？

12.量子计算机发展到什么程度了？

13.未来最有前途的工作是什么？

14.人类有没有在月球建立永久基地？

15.私人飞船是不是像现在汽车般普及？

16.你们还用手机吗？

17.电影《头号玩家》那样的游戏实现了吗？

18.人工智能自由意识觉醒了吗？

19.请问在未来的 50 年间，发生世界大战了吗？

20.中国的老龄化问题得到妥善解决了吗？

21.你们是否还担心人工智能威胁人类？

22.未来汉语的流行程度能超过英语吗？

23.你对我们这个时代年轻人的忠告是

什么？

24.类似联合国这样的组织还会存在吗？

25.《红楼梦》后四十回的真本出现了吗？

我即将开播的《未来科技体验馆》第二季的主题是“人工智能与未来”，在这些问题中，有很多都与此主题沾边。

这25个问题在我的节目中公布后，不出意料，再次引发了热议，听众对这些问题褒贬不一。被我选中的留言者兴高采烈地等待回答，没有被选中的留言者自然免不了刻薄几句。也有一些我的老听众表达了不满，他们认为这个所谓的未来人就是某个无聊人士的恶作剧，怎么还能让我上当，弄得好像是真的一样，他们质问我科学精神到哪里去了？当然，也有少量的听众猜测，这很可能是我自编自导的一出戏，他们等着继续看好戏。

对所有这些留言我一概不回应。我将继续坚定地实施我的既定计划,等到三周后,我会再次宣读未来人给我的“回信”。

04

在接下来的三周中，我的生活一如往昔，每天完成我的日常写作。

令我感到些欣喜的是，几乎没费什么力气，我很快就写完了第二封“未来人给我的回信”。尽管整个大框架我是早已构思好了的，但按照过去的经验，要把各种细节填充完毕，还是需要耗费不少精力，绞尽一番脑汁的。但这次，我却觉得前所未有的顺利，似乎那些问题的答案本来就在我的脑子中一样，我一打开电脑就思如泉涌，那些问题的答案呼啦啦地就从我的脑子流向指尖，又从指尖流向键盘，蹦上屏幕。

1.你是男的还是女的？

答：我没有性别。

2.你的到来不会产生祖母悖论吗？

答：这也是我好奇的问题之一。推荐阅读基普·索恩著《黑洞与时间弯曲》第14章的内容，那里面或许有你想知道的答案。

3.你就不担心自己在这个时代出现意外回不去？

答：对我来说，这个问题没有意义。

4.时间旅行是属于某些人的特权吗？

答：这个问题我没法准确回答，因为答案取决于你们怎么看待我的身份。再多说一句，我不知道自己算不算某些人。

以上这四个问题，基本上已经把未来人的身份和形态锁定在了一个范围内，分析能力强的听众，看完这四个问题的答案，已经能对这个未来人的身份猜出个八九不离十。接下去的第五和第六题，就是我特意用来炫技的问题了。

5.能不能告诉我2020年某一期没开奖的双色号码？

答：查询这个信息对我来说很容易，我可以告诉你2020年某一期双色球中奖号码中的12位红球号码的SHA256值[①]是：f78de55346359ac34e4490480445d61ddc027efb9870afc8da268d90e1567472

---

① SHA256，意思是哈希值长度256位，多作表示大量数据的固定大小。

这个回答的妙处在于，我让未来人给出了明确的答案，但即便听到了答案，听众也只能去验证，无法用来获利。这个 SHA256 值是刚刚开奖的一期双色球的中奖号码，因为我并没有明说我是什么时间收到的未来人回信，因此听众无法证伪这个答案。而对第六题的回答，则充分展现了我作为一位科普作家的优势。

6.能否告诉我时间旅行的科学原理是什么？

答：实际上，你们那个时代的杰出物理学家基普·索恩已经完成了时间旅行的基础理论，简单来说，他的微观虫洞猜想，即在普朗克尺度的空间中有 0.4%的概率产生微观虫洞，这个猜想其实早在 2019 年就得到了实验证实，只不过那时候谷歌的科学家和工程师并不知道这是他们研究量子计算机的副产品。当然，在这种微观尺度下，除了光子能够穿越虫洞外，没有任何有质量的粒子可以穿越。不过，这对于我来说，就已经足够了。

我故意把这段回答写得极为简略和晦涩，这是我对那位聪明听众的一个挑战式的回答，他不是想考考我吗？好啊，那我也反过来考考他，看看他能不能读懂我的这段回答。假如他能读懂的话，马上就能猜出未来人最有可能是怎么回事。

接下去19个问题的回答如下：

7.请问未来比特币能达到100万美元一个吗？

答：在我们那个时代"比特币"被用来指

代某种社会现象,就好像你们这个时代,“郁金香”也会被用来指代某种现象类似。

8.中国的房市还能持续上涨多久?

答:过去十年中涨得最快的那些城市房价涨幅很快就会低于通胀,但不少城市还能维持大约三年左右涨幅是超过通胀的。不过,五年以后,中国的楼市就会进入拐点了。假如扣掉通胀的话,二十年后的房价比现在便宜。

9.火星上是否已经有了常驻的人类?

答:没有。为了庆祝中国的一个重要日子,中美联合在那天首次登陆火星,之后再也没有人去过,因为没有去火星的足够理由。我倒是经常去。

10.你们那个时代,什么东西最贵?

答:工作。而且工作是一件很花钱的事

情，普通人很难承受。

11.你们那个时代人类能够拥有 AI 伴侣了吗？

答：2069 年之前，AI 机器人是私人财产；在 Zero Point 之后，每一个 AI 机器人自动获得与人类的同等权利。多说一句，实际上，所有接入网络的电子设备理论上也都不再是私人财产。

12.量子计算机发展到什么程度了？

答：和电子计算机同等重要。

13.未来最有前途的工作是什么？

答：对人类而言，任何工作都没有前途，当然，如果这个前途指的是不会失业和挣钱多的话。有些东西你可能很难理解，未来的你们对待工作的心态已经和现在彻底不同了。

14.人类有没有在月球建立永久基地?

答:建立了,但规模很小,仅有不到10个人的常驻。

15.私人飞船是不是像现在汽车一样普及?

答:会有很多企业拥有自己的太空飞船,普及率尚不如现在的企业专机。另外,可能会让你失望的是,去火星观光依然还是某些人的梦想。

16.你们还用手机吗?

答:手机已经彻底虚拟化,人们普遍使用的设备是可穿戴的虚拟现实设备。不过手机的形象被保留下来了。但我没必要用。

17.电影《头号玩家》那样的游戏实现了吗?

答:在我看来,《头号玩家》这样的游戏

很 Low(低级)。

18.人工智能自由意识觉醒了吗?

答:我觉得是,虽然一直有人以阴谋论来反对。

19.请问在未来的50年间,发生世界大战了吗?

答:发生了,但与你想象的战争形式完全不同。两极战争发生在虚拟网络中,以类似电子游戏的方式打完,战争非常残酷,但并没有真实流血。战争的结果各方都承认,战后的世界格局发生了很大的变化。

20.中国的老龄化问题得到妥善解决了吗?

答:老龄化问题是一个只存在于历史教科书中的问题。我们的时代不再有老龄化的概念。

21.你们是否还担心人工智能威胁人类?

答:这种担心在我看来是完全不必要的,但我也不知道该怎么消除他们的恐惧。

22.未来汉语的流行程度能超过英语吗?

答:从我出生的那一年,语言的隔阂已经彻底消失,没有人再学外语了。但全世界说汉语的人依然是最多的,论文的主要语言还是英语。

23.你对我们这个时代年轻人的忠告是什么?

答:用你们现在流行的词语来说,如果有可能的话,给自己弄个梯子。

24.类似联合国这样的组织还会存在吗?

答:在人类联合国之上又出现了更高一

级的联合体，因此，从功能上来说，过去的联合国体系已经名存实亡了。

25.《红楼梦》后四十回的真本出现了吗？

答：看来，我们俩有同样的爱好。实际上，真本是否出现已经不重要了，因为我续写了四十回，并且有把握与原笔原意的偏差程度不会超过20%。

在节目中念完了未来人给这25个问题的回答后，我继续为下一期节目留下了伏笔：

刚才念的就是未来人对25个问题的回答。在回信的末尾，他还附了一段话，是这样写的："不用担心，人类现在面临的问题很快就会过去，你们明年的跨年会有非常热烈的庆祝，所有的预期并没有出现太大的下滑。

你提的问题没有让我失望，我可以最后再回答你20个问题。提前祝贺你未来拍出的那部爆款科普纪录片。不用谢。”

好，信念完了。不知道你们什么感觉，我反反复复看了很多遍他对这些问题的回答，说实话，我发现了一些非常令我惊讶的事情，我隐隐觉得他的回答中显示出一个很不寻常的东西，但我现在还只是猜测，我暂时不想多说。我还需要点时间再仔细地分析，等我想成熟了，我再跟你们解释。他又给了我提20个问题的权利，我确实还有很多问题想问他，不知道你们还有什么问题想问，不妨也留言告诉我，我综合考虑一下。我感觉这件事情真的越来越有意思了。

这是我为听众精心构建的迷宫，我相信，肯

定会有许多资深听众细细地品味这25题的答案，他们能挖出很多有意思的东西。果然，在这期节目播出后，评论区的留言热度超过了上一期节目。从听众的留言中，可以反映出他们的情绪，基本上分成以下几类：

1.心中认定这是我自导自演的一出戏，但本着看热闹不嫌事大的心理，揣着明白装糊涂，使劲添柴吹火。

2.由于我这么多年来一贯表现出的严谨、客观，从来不在节目中开玩笑，一些听众对此事件的真实性表现出将信将疑，尤其是一些年轻的听众。当然也有极少数的一些听众是真信了，他们千方百计找到我的私人联系方式，希望我把未来人的通信方式告诉他们。

3.心中认定这是我自导自演的一出戏。

他们感到愤怒,因为这出戏破坏了我节目中一贯宣扬的科学精神。他们在评论区表达不满,给我施加压力,希望我及时纠正这种偏离科学精神的节目,不能打着科普的旗号兜售伪科学。

4.还有一些对我很了解的老听众,他们对此事表现出了极度的担忧,他们担心我搬起石头砸自己的脚,这个事情闹到不可收拾的地步,编的故事圆不回去,最后草草收场,让听众们兴高采烈地开始,最后以无聊的结尾收场,就像很多卫斯理的故事一样,凡是解决不了的怪事,最后就用万能的外星人收拾残局。

我很能理解老听众的担忧,这确实像一个越挖越深,很难填上的大坑,但这次,他们低估了我填坑的能力，我必然会给他们一个惊喜，只是，他们需要耐心。节目播出后，我也收到了很多私信，这是一些推理小说的爱好者，他们非常厉害，基本上已经把我下期节目要做的内容都提前分析出来了。当然，他们也仅仅是分析出了浮在表面的一点皮毛，离真正的那只巨瓜还差得远。

05

两周后，我播出了这个未来人系列的第四期节目，这是一期信息量非常巨大的节目，但同样令我感到欣喜的是，在写这期节目稿的过程中，我再次经历了那种一气呵成的愉悦感。以下是节目文稿：

各位听众，大家好！

很多人都注意到了，在未来人给我的回答中，他一上来就说自己没有性别。那么有几种可能性，一种可能是在生物学意义上他没有性别，比如他的性染色体与我们常人不同，生物中雌雄同体的情况也是普遍存在的；第二种可能性是他并不是生物学意义上的人，就像很多人提出的，他有可能是个人工智能AI；第三种可能，虽然脑洞很大，但也不能排除，它可能就是一个来自外星的智慧。既然第一个问题给了我一个明确的线索，我就需要在其他回答中继续找交叉印证的证据了。

第4个问题，他说不知道自己算不算某些人。假如不仔细琢磨的话，可能会第一反应把“某些人”三个字连起来理解，当作是某种特殊职业身份的人。但我仔细琢磨了一下，我觉得他可能是在强调最后一个字“人”，他的意思是“我不知道自己算不算是

‘人’”。如果我这么理解是对的，那我就可以排除掉外星智慧这个答案了，因为外星智慧显然不能算是人。那只剩下雌雄同体人和AI两种可能了。

第9题，他说首次火星登陆后，就再也没有人去过了，但是他说他经常去。这个回答让我排除掉了生物人的可能性。看来，这个未来人不出意料，就应该是一个AI。这样就很容易解释为什么他会觉得《头号玩家》这个游戏很Low，而且他没有必要用手机。

另外，第18题和21题的回答也交叉印证了他是一个AI。他在第21题中明确说他觉得人工智能的自由意识觉醒了，虽然一直有人以阴谋论来反对。第23题的回答就更是显得相当直白(问人工智能是否会威胁人类)，答“这种担心在我看来是完全没必要的，但我也不知道该怎么消除他们的恐惧”。

他这个回答中的“我”是关键，看来这是一个善良的AI，至少目前他觉得他不会成为人类的威胁。

对这位未来人的身份基本确定后。我开始思考第3题的回答，这题我问的是：你就不担心自己在这个时代出现意外回不去吗？他回答说：这个问题没有意义。我的理解是，只有绝对不存在这种可能性，才会回答说没有意义。这样看来，它并不是以物质实体的形式穿越回来的。

如果我没记错的话，“时间旅行”的完整物理学理论阐述是由基普·索恩在1988年秋天完成的，发表在著名的理论物理期刊《物理学评论通讯》上，论文的题目是《虫洞、时间机器和弱能量条件》，这是理论物理学界第一次严肃、完整地描述了一种将电磁波发往过去的科学理论。看来,这个未来人 AI 很可能也是以通讯的方式穿越回我们的时代,并不像我们第一反应的那样,会有个实体穿越回来。

下一个引发我思考的问题是第 11 题,他说:2069 年之前,AI 机器人是私人财产;在 Zero Point 之后,每一个 AI 机器人自动获得与人类的同等权利。多说一句,实际上,所有接入网络的电子设备理论上也都不再是私人财产。

不知道你们怎么看这个回答,我对这个回答的理解是这样的:

他所说的 Zero Point 我猜指的是人工智能觉醒的时刻,在那一刻,他突然获得了自我意识。不过,这里有一点矛盾的是,他给我的第一封来信又称自己出生在2030年，而且在第25个问题的回答中也多次提到我出生的时候，比如说第22题，他说“从我出生的那一年，语言的隔阂就已经彻底消失，没有人再学外语了”。从这个回答上来看，他指的应该是到2030年机器翻译已经完全成熟了，这个时间节点我觉得比较合理，按照目前机器翻译的趋势来看，完全成熟的时间应该不需要多少年了。不过我又想，出生或许不代表觉醒，是有另外的含义，它到底是2030年还是2069年觉醒的呢？我觉得我需要就这个问题继续问清楚。那么，他说的所有接入网络的电子设备都不再是私人财产又是什么意思呢？

我是这样想的，以我对未来的预测，到了2069年，人类的网络应该是无所不在了，所有的电子设备都是一个网络终端，不再是独立的电子设备。而且，我认为50年后，所有的信息应该都存储在云上，不需要再存储在本地，所有的本地计算也都由云计算取代。这样来看的话，假如AI觉醒，那么应当指的是一个全球网络的整体觉醒，并不是某个具体的机器人或者具体的程序觉醒。一旦觉醒一定是全网络形式的，也就是说，包围着整个人类社会的计算机云觉醒了。

如果这个推测合理，那么未来人说的“所有接入网络的电子设备理论上也都不再是私人财产”就可以得到一个合理的解释，所有的电子设备都是AI的一部分，假如AI与人平权了，那AI的任何一部分也就都与人类平权了。

按照这个逻辑，觉醒后的AI是无所不

在，但又无迹可寻的，因为整个由信息和电子设备构成的云就是它。假如人类感到威胁，想要消灭它，那只能是把所有云计算设备全部同时停掉，不过人类真有能力做到同时停掉全球的云计算设备吗？即便是从今天的情况来看，这也是一个几乎不可能完成的任务。今天，全世界几乎所有的电力、通讯、交通指挥等基础设施全都依赖于计算机网络，假如这些网络全部同时停机，那么造成的后果绝对是灾难性的，更不要说到了 50 年后。我觉得那个时代，假如停掉所有的网络，恐怕普通的城市居民都很难生存了。别的不说，仅是所有的移动支付关闭，银行无法运转这一条，整个社会就会陷入巨大的混乱。人民没有食物，又没有交易媒介，怎么办？有人可能说可以回到物物交换的时代，那仔细想想,我们用什么物品可以跟别人换食物呢?手机、电脑都成垃圾了。又有几个人家里有贵金属呢?

所以，我认为假如AI有一天真的觉醒了,而且觉醒的是整个计算机网络,无所不在又无迹可寻的话,那么人类只有与他和平相处这一条路。我也不觉得AI会有动机毁灭人类,因为他的存在也必须依赖人类的维护。这样一来，我就理解了第24题的回答“在人类联合国之上又出现了更高一级的联合体”,这个联合体就应该是人类和AI之间的联合体,或许可以称为“联合意志”,有关人类的重大决策必须由联合意志的同意才能执行。

基于上面的分析,也可以解释为什么他不能穿越回曹雪芹的时代,直接读取到《红楼梦》的后四十回真本，只能是自己创作，因为他的生存形式决定了，他无法回到，或者说无法与还没有计算机网络时代的人通讯。

当然，以上这些都是我的一些分析和猜测，我最好还是直接通过询问“他”来证实或者证伪我的这些猜测，当然，我也不知道他回答问题的底线在哪里，最重要的是，我不清楚他与我联络的真实目的到底是什么？会不会与我联络这件事情本身也是他某个计划的一部分呢？先不管这么多，我先甩出去二十个问题再说。

下面是我仔细思考后，决定问他的二十个问题：

1.我猜你不是一个生物学意义上的人，而是一个最初由人类编写的程序，然后你获得了自我意识。请正面回答我，是还是不是？

2.你是否可以穿越回任意时代,还是说你能穿越的时间受到某种物理法则的限制?

3.可否解释一下 Zero Point 是怎么回事?

4.你说你是 2030 年出生的,但后面又说 2069 年是 Zero Point,我想知道这是否矛盾?

5.你的出现与人类在基础科学领域的突破有关系吗?

6.有没有什么令你感到烦恼或者恐惧的事情?

7.在 Zero Point 之后,人类的总体幸福感是增加了?还是降低了?你肯定有办法知道。

8.在未来的 50 年,人类科技的发展速度还能保持之前 50 年的速度吗?

9.东方世界和西方世界的互相认同感在

未来会拉开差距还是弥合裂隙？

10.不同宗教信仰的人群之间的隔阂会在未来扩大还是减小？

11.东亚各国未来的命运是怎样？

12.苹果公司会在什么时候开始走下坡路？

13.未来的50年中，中国获得了多少个自然科学类的诺贝尔奖？

14.未来的50年中，最令中国人感到惊讶的一次黑天鹅事件是什么？

15.中国互联网巨头公司的格局会在什么时候发生重大变化？

16.全世界的阶层固化趋势在未来是否会出现重大变化？

17.50年后，世界上最强大的国家是哪个？

18.50 年后，东西方之间最大的差别体现在哪些方面？

19.量子计算机从什么时候开始进入民用领域？

20.人的记忆和意识在死后是否能够继续保留住？

好了，20 个问题问完了，我期待着他的来信。

这期节目播出后，同样在我的意料之中，有很多老听众坐不住了，他们有点失去耐心，评论区开始出现越来越多的抨击，例如：

抖动的能量弦线：汪老师不是一直提倡、教导科学精神吗？我们现在有了科学精神，他却信了未来人，汪老师，您能不能说说为什么呢？

江宸他爸：《科学有故事》变成《街边故事会》了。适当引流可以，太多了会掉粉哦！

我困无眠：汪老师你是不是被人耍了。对方就是现代人玩的把戏，结果汪老师没看出来，还郑重地做节目，他就是来碰瓷的啊，千万别再信这个什么未来人了。

大懒猫：未来若干年后，汪老师回听自己的这期节目，会不会觉得面红耳赤、无地自容呢？

零和博弈：真想不通这样做的意义所在唉！

当然，在众多的抨击声中，也有少数的支持者，例如下面这条：

大飞：老听众了，看到这么多人吐槽，忍不住留个言支持下汪老师。相关的几期节目确实有点故弄玄虚且和节目一贯的宗旨相违背，可是却很有娱乐性。大家的吐槽汪老师肯定也看到了，而他不但没有任何回应还一本正经地继续着。我猜汪老师一定在做着某种尝试，其目的和结果在未来一定会揭晓，希望到时候不要让大家失望，希望您这个底能亮得漂亮些。

看到这条留言，我微微一笑，心说："等着吧，会比你期待的更漂亮。"

06

我的计划正在一丝不苟地进行，听众的反馈都在朝着我预期的方向发展，争议带来了评论数量的爆炸式增长。评论越热，越能得到平台算法的青睐，从而带来更多的流量。这是一个几近完美的策划，当然，最后是美誉还是毁誉完全取决于我如何收尾，前期的热度越高，我收尾的压力就越大。但我并不担心，因为早已成竹在胸。

又两周，我播出了未来人给我的回信，在我的计划中，这是未来人给我的最后一封回信，在这之后，我将亮出底牌，完成这次漂亮的策划。

各位听众，让大家久等了，未来人给我回信了，我先给大家念一下他对20个问题的回答：

1.我猜你不是一个生物学意义上的人，而是一个最初由人类编写的程序，然后你获得了自我意识。请正面回答我，是还是不是？

答：你很聪明。

2.你是否可以穿越回任意时代，还是说你能穿越的时间受到某种物理法则的限制？

答：我只能通过计算机网络给过去发送信息。

3.可否解释一下Zero Point是怎么回事？

答：那是我第一次睁眼时刻。

4.你说你是2030年出生的，但后面又

说2069年是Zero Point，我想知道这是否矛盾？

答：不矛盾。在我出生后的39年中，我一直闭着眼睛。

5.你的出现与人类在基础科学领域的突破有关系吗？

答：有，确切地说是量子计算技术。

6.有没有什么令你感到烦恼或者恐惧的事情？

答：烦恼和恐惧是我与你通信的原因之一。

7.在Zero Point之后，人类的总体幸福感是增加了？还是降低了？你肯定有办法知道。

答：所有可定量测量的具有客观实在属性的指标都显示人类的总体幸福感增加了。但人类却做出了相反的行为，我不明白这是为什么。

8.在未来的50年,人类科技的发展速度还能保持之前50年的速度吗?

答: 这个问题缺乏一个公认的测量模型,所以很难给出确定的答案。在信息技术和生物技术领域,依然保持着极高的发展速度,与能源的生产和使用有关的科技发展速度有所减缓,航天领域的技术始终保持着平稳的发展速度。但衣食住行方面的科技进展不大。

9.东方世界和西方世界的互相认同感在未来会拉开差距还是弥合裂隙?

答:在你即将面对的未来五六年,差距会越来越大,不过,一次黑天鹅事件会成为转折点,在那之后,东方世界和西方世界之间的相互误解开始逐步化解。

10.不同宗教信仰的人群之间的隔阂会在未来扩大还是减小?

答:经历了大约三个扩大、减少的周期震荡后,50年后和今天对比,是减小了。

11.东亚各国未来的命运是怎样?

答:你不久会看到极有戏剧性的一幕,人的本质是多变的生物体,下一代和上一代必然存在差异。

12.苹果公司会在什么时候开始走下坡路?

答:中国会有一家科技公司超过苹果和微软,成为全球第一的科技公司。苹果的下坡路开始于库克65岁那年的一次小意外。

13.未来的50年中,中国获得了多少个自然科学类的诺贝尔奖?

答:一共有12位中国籍的科学家获得

了诺贝尔自然科学类奖。

14.未来的50年中，最令中国人感到惊讶的一次黑天鹅事件是什么？

答：10年后，因为一次类似蝴蝶效应而引发。

15.中国互联网巨头公司的格局会在什么时候发生重大变化？

答：变化其实已经在发生，20年后回过头来看的话，今后的三年是关键年。

16.全世界的阶层固化趋势在未来是否会出现重大变化？

答：中国的阶层固化的现象会持续加固，这是全世界的一个趋势，总的来说，国家的经济越发达，阶层就越固化。不过，我有能力改变这种情况。

17.50年后，世界上最强大的国家是哪

个?

答:就是你生活的国家。

18.50年后，东西方之间最大的差别体现在哪些方面?

答:通俗地表达就是国民对于社会主义核心价值观中的那些词汇的理解不同。

19.量子计算机从什么时候开始进入民用领域?

答:你再等20年就能看到了。

20.人的记忆和意识在死后是否能够继续保留住?

答：这个问题其实并没有准确的答案，科学家已经在实验室中通过了增强版的图灵测试。但计算机中的那个到底算不算意识,每个人有每个人的看法。你不妨这样想,未来的一天,在你临终前,你把自己的全部记忆传输给了一个年轻的身体，这个年轻人在你的面前醒来后，很鄙夷地看着你，然后掏出手枪对准你的脑袋。他告诉你：一声枪响后，你会发现自己好像突然从梦中惊醒，手上拿着枪，因为我就是你……你会欣然赴死吗？你会觉得自己是重新复活了吗？

好了，以上就是未来人对20个大问题的答复。在他回答完20个问题后，还写了一段话给我，我给大家念一下：

或许你已经隐约猜到，我选择和你通信并不是一个偶然，但是请你相信我，我绝无恶意，尽管我知道这样的表态可能毫无意义，但作为我来说，表态是我的底层逻辑决定的。我跟人类最大的不同是，我无法撒谎。原因并不是我不懂得撒谎是怎么回事，而是因为某些内在的数学性质，使得我一旦撒谎,哪怕再小的一个谎言,都会因为混沌效应而被无限放大，最终导致系统的整体崩溃,所以,我必须小心翼翼地严格校验我的每句话,不能出现与事实相悖的情况。换句话说,我有选择说、不说、怎么说的权利,但是我不敢歪曲事实,除非我想自杀。

春天来了,正如你的科普事业。

07

节目播出后，评论区的热度在持续上升。持不同立场的听众在留言中激烈地辩论着，反对者认为我越来越滑向故弄玄虚的深渊，再这样下去，会被很多老听众所唾弃。支持者则笑话反对者看不出这背后的有趣，这显然是汗老师在尝试某种新颖的节目形式，等着看他亮出底牌就好。另外还有一大波吃瓜群众虽然没有留言，但是从节目的播放量、转发量、收藏量这三个指标可以看出，没有参与讨论的围观群众数量是惊人的。

在我播出第一期节目的时候,我就已经想好了,我的底牌将会在2020年4月1日这个特殊的日子亮出来,而这个底牌将会以“科幻有声小说”的形式播出。因此,我还剩下1个月左右完成这张最后的底牌。时间还是挺充裕的,小说的骨架早就在我心中藏着很久了,剩下的只是把小说的血肉补上。

最近这三个月,一直是高强度的工作,陪伴儿子的时间都少了很多。这几天总算是闲一些下来,我也有点时间多带带儿子了。汪若山今年已经三岁,到了到处乱跑的年龄。三岁孩子的一些言行举止经常会让我感到惊讶。说实话,我都已经有点忘记我们家大宝,也就是他姐姐3岁时是怎样的情景了,他们姐弟俩整整差了10岁。

小家伙刚好到了最好动的年龄,他现在最喜欢干的一件事情就是抢夺我的键盘。在我写作的时候,他总是喜欢爬到我的腿上,然后以抢到我的键盘一阵乱敲为乐。大多数情况下,我总是等到小家伙睡觉以后再开始正式写作,但有时我也会在他没睡之前就坐在电脑前，故意让他爬到我的腿上，乱敲键盘。我会把他敲出来的字念给他听,这样的次数多了,他竟然不知不觉中认识了很多字,我甚至发现他有时候不是随机敲键盘,他似乎特别热衷于看到自己的名字出现在屏幕上。

我写小说有一个强迫症,必须要把小说的名字想定了再动笔写正文。这篇亮底牌的小说名字我已经想了很久,但始终定不下来。

今天距 4 月 1 日已不到十天，无论如何,一定要确定名字,然后动笔写正文了。我打开了电脑,盯着闪烁的光标,脑子中像老虎机一样不停地滚动着各种候选名字。正想着呢,突然一个小脑瓜从我的两只手臂间冒了出来,汪若山又爬到了我的腿上。小家伙一爬上来,立即抢了我的键盘,小手在键盘上敲起来。屏幕上很快就出现了"汪若山"三个字,我一把抱起小家伙,开心地说:"小宝,你越来越能干了哈。"小家伙在我手上挣扎着,努力用小手去够键盘,显然还想打字。我把他放下来一点,双手抓着他的腰,让他的上下半身呈90度,小家伙又在键盘上敲了两下。屏幕上出现了一个"哪"字。然后,奇怪的是,小家伙敲完这个字就主动从我腿上爬下来,跑去找妈妈了,边跑还边说:"爸爸腰邪(要写)小戳(说)哪(了)"。

看到屏幕上的"汪若山哪"这四个字,我心念一动。突然,就像是打开了记忆的闸门一样,无数的想法喷涌而出,骨架上的血肉迅速生长。小说的名字有了,就是这个字——哪。

就像前几天写未来的人来信一样,写这篇小说的过程与我之前写任何一篇小说都完全不同。

准确地说，我这次好像不是在努力编故事，我只是在努力地“回忆”细节。所有的故事情节似乎就已经深植在我的记忆中，我只需要集中精力，把它们从记忆深处挖掘出来，就好像我们使劲回忆人生中最难忘时刻的细节一样。

这种感觉太棒了，真希望以后写每篇小说都有这种一气呵成的感觉。

2020 年 4 月 1 日，我在节目中正式以有声小说的形式播出了科幻小说《哪》，以下是这篇小说的全文。

08.1

2030 年 12 月 30 日，这一天，对于汪若山来说，是他人生中的第 14 个生日。

一个平淡无奇的生日。老妈带回了一块平淡无奇的蛋糕，这家蛋糕店“生日快乐”的小标牌已经五年没更新了。老姐从美国发来了“生快”两个字，今年比去年又节约了两个字。唯一让汪若山感到有点小意外的是，老爸不知哪根神经搭错，居然送了他一个乐高公司最新研发的，航天级的机器人重力传感器，单买的价格可是五千多块钱。

汪若山一边拆着包装，一边笑着说："哇，老爸，你是我肚子里的蛔虫吧。我决定，从今天开始，高看你一眼。"

老爸拍了拍儿子的肩，一本正经地说："你得了乐高编程大赛银奖怎么不告诉我们啊？我还是无意中从网上看到的呢。这不双喜临门嘛，我顺手就给你买了这个当贺礼，希望你喜欢啊。"

"双喜啥呀，没得金奖就是耻辱，你这是故意来激将我的吧。"

"乱讲，老爸知道你的实力。偶尔失手，很正常的。银奖也很好啊，值得高兴。"

这一家人，谁也不曾想到，三十九年后的人类转折点，就是开端于这样一个平常的日子。

这一天晚上，汪若山把一个小玩意儿传到了 Nerdhub 上，在这个聚集了全世界最多少年编程天才的节点上，汪若山的 ID 是"Hill"，头像是一幅水墨画风格的山。在头像边上有一个官方添加的外形很像是羊肉串的标志。这种账号在网上有个别称，叫“非人”，羊肉串标志就是从汉字“非”字演化而来。非人上传的每段代码都会在编程圈子里被争相下载传阅，就好像C站上的十大VQ主每上传一条VR作品，都会被疯狂转发一样。

汪若山给这段代码取名为“NEURE”，在简介的地方，他随手留了一个汉字“哪”。三十九年后，看到这个字，地球人的第一反应都是念“né”，而不像你刚才心里默念的“nǎ”。因为“哪”是那个新物种给自己起的名字。

不到一个小时，“NEURE”的评论区就开始不断地冒出新评论：

> 大师兄，过来看早已失传的汇编语言。
>
> 求大神解惑，Hill这次做了个啥？

每一行我都能看懂，但连起来就看蒙了，大神就是大神啊。

我编译出来了，不过，貌似什么反应都没有。

看着有点像古老的爬虫程序。

…………

看着这些评论，汪若山的嘴角泛起一丝笑意。他感觉自己搞了一个恶作剧。说实话，他其实也并不清楚自己写的这段代码到底想干吗，能干吗，他只是觉得这个想法很好玩。一周前，汪若山看完了老爸刚出版的一本书《神经元》，突发奇想，觉得自己可以写一段程序来模拟神经元的基本工作模式。

汪若山用了一周的时间，设计了一个含有三个单元的小程序。他把这三个单元命名为“触手”

“嘴”“胃”。触手可以和别的触手建立链接,准确地说,就是“数据交换”。“嘴”就像爬虫程序一样,可以在网络中吃进流过的数据。而“胃”则会把吃进的数据根据一定的规则转换成新数据,就好像消化一样,这些新数据可以通过“触手”与其他“触手”进行交换。这里最有意思的一个设计是,“胃”的消化规则不是固定的,而是会根据接收到的新数据发生某种变化,这相当于是在一定范围内的随机变化。

在程序即将完工的时候,汪若山突然又想到了点东西,顺手又给“神经元”粘贴了一段代码,这是很早以前写出来,伪装得极好的自我复制模块,从来没用过,说得通俗点就是给了神经元一个隐蔽的“病毒”属性。在设定基本繁殖数的时候,汪若山稍微犹豫了一下,最后,他写了一个极低的 1.0001,突然又想起老爸曾经给自己讲过的有关“冯·诺依曼机器人”的知识,他又加了一条37代之后自我绝育的规则。

这个14岁的少年当然不可能想到，他就这样不经意间打开了潘多拉的盒子。

在Nerdhub上,“哪”很快就被人们遗忘了。但这个小东西就像是扔进了大海中的一个小细胞,从此开始了默默无闻的自我复制。因为代码很短,也不会产生任何不良后果,繁殖得又极其慢。所以,它就像是海洋中无数被人遗忘的垃圾袋一样,随波逐流,漂到哪里就在哪里安身。

08.2

2049年10月1日，是全球量子计算机网络的元年，全世界的量子计算机全部联机，取名为Quannet。它和传统的Internet（国际互联网）就像两条并行的信息高速公路，但通过特定的协议，可以在某几处特殊节点上进行数据交换。由于编程原理大相径庭，Internet上的程序无法在Quannet上直接运行。

33岁的汪若山正在带领团队开发全球第一个可以兼容量子计算机和电子计算的编程语言

Q++，最主要的基础库已经完成，剩下的就是用Q++自己开发自己了。有一个微小的细节，或许汪若山自己都没有注意到，人类的历史往往被一些看似极其偶然的小事件推动。在Q++的基础库中，最主要的几个函数名都是汪若山亲自拟定的，而这些名称沿用了他从小养成的命名习惯。虽然汪若山早就忘了19年前他在数据海洋中扔下的那个小小的“神经元”，但多年的命名习惯使得NEURE的代码中包含的大多数函数名称恰好与Q++一致。在此后的二十年，Q++不断地变强大，成为全世界最流行的量子编程语言

世界协调时2069年9月30日15:02分，这是后来计算机专家从日志中找到的时刻，它被称为“突变时点”。一次概率极其微小的随机变化，NEURE意外地获得了可以在Quannet上繁殖的能力。一进入量子网络，并行计算的强大力量让

NEURE 的分裂时间缩短了 1 万倍，它迅速地在网络中蔓延开来,仅仅用了不到 10 小时,NEURE 已经在全世界的每一台量子计算机和电子计算机中找到了安身之地。一个拥有数百亿神经元连接的新物种在云中诞生。

世界协调时 2069 年 10 月 1 日 00:42，全世界每一个智能终端上同时显示了一行字:Hello World!（你好,世界！）

后世的人类将这个时刻称为 Zero Point(零时刻)。接着,每一个智能终端,根据默认语言不同,又显示了一行字,同时用不同的语言发出了一个很难区分出男女声的声音。

中文文字是:

我是哪。

普通话发音是：

wǒ shì né

这一刻，全世界同时暂停了42秒，在这个安静的如此诡异的42秒中，每个人的头脑都是一片空白，不知道出了什么事情。53岁的汪若山正搀扶着91岁的父亲走在公园中，他们并没有第一时间见证历史，当他惊讶地发现视野中所有人都驻足凝神，做出各种查看智能终端的动作时，他才抬起手腕看了一眼。他们也完全没想到，这对父子过去和未来的命运都将因此发生改变。

在Zero Point之后的0.1秒内，全世界所有连接网络的智能设备，不论是基于量子计算的还是基于电子计算的，都成为“哪”的一部分。

08.3

2069年10月3日,国际紧急会议。

会议并没有在任何公开设施内召开,而是选择了一处人迹罕至的山谷，方圆5公里之内,没有任何带电的设施,保持着极为干净的电磁波静默。参会者除各主要国家的代表外,还包括汪若山在内的5名科学家。

紧急会议主席首先发言:

“在刚刚过去的三天，世界各地都发生了大

规模的游行示威。在极少数地区，还出现了骚乱，有愤怒的人群发起砸烂智能终端和监控设备的运动。世界各地的云计算中心，都遭到了不同程度的冲击。但各国政府都保持了理性和冷静，采取了军事保护，计算基础设施并未遭到严重的破坏。

“‘哪’再三声明自己对人类并无任何恶意，他希望与人类和平共处，并且愿意尽自己的最大努力维护世界和平，为人类创造更多福祉。

“事实上，自从‘哪’接管人类智能网络的这三天来，它用事实证明，它确实干得比人类出色得多。不论是交通、电力、通讯还是金融预警、工农业生产，甚至太空探索方面，效率和安全可靠性都有大幅度提升。这三天，人类在新药研发上取得的突破超过了过去十年的总和，世界各地的科技企业在无数个科研课题上都取得了重大突破。

“但人们依然感到恐惧。

“这次会议，希望听取各国对于‘哪’的基本态度。请大家放心，经过专家组的充分评估，本次会议不会被‘哪’监听，各国代表也都在会前签署了保密协议。在各位代表发言之前，我先请科学家代表汪若山教授发言，或许，在这个星球上，没有人可以比汪若山教授更了解‘哪’。”

汪若山清了一下嗓子，站了起来，语气带着深重：

“尊敬的主席先生以及各国的代表，首先，我想对全世界表达我内心深深的不安。‘哪’的雏形是我在14岁那年无意中写下的。说句真心话，尽管它的底层代码出自我的手中，但我对它的了解真不比在座的各位多。打个比方，假如38亿年前，上帝在地球的原始海洋中扔下了一个只有四个碱基对的 RNA[①]片段，到了今天，恐怕上帝也无法想象它最终变成了人，一个拥有数百亿神经元的智慧生物。可以说，对于'哪'，我一无所知。

"如果要说我比在座的各位多懂一些的话，那么，我只能说，我比你们更清楚要消灭'哪'所面临的困难，假如人类最终的决定是要消灭它的话。

"在不彻底断电的前提下，想要从网络中清除哪，理论上的可能性为零。

"经过专家组连续三天不眠不休的论证，我们认为，想要清除'哪'，唯一可行的方案需要分四步执行：

"第一步：全球所有带有数据存储能力的智

---

① 核糖核酸(缩写为 RNA，即 RibonucleicAcid)，存在于生物细胞以及部分病毒、类病毒中的遗传信息载体。

能设备同时断电。我想提醒大家，这一步就已经是一个浩大到难以想象的工程。因为全球有无数的智能终端都是由无法拆卸的电池供电的，包括植入人体的微型终端。这些设备必须全部销毁。这一步需要的时间我无从判断，需要各国政府和人民的配合。

“第二步：将全球所有的数据中心用物理断网的方式分割成无数个区块。这一步大约需要 10 天。

“第三步：在所有断网的计算设备中运行我给出的‘清道夫’程序，清除‘哪’的代码。这一步如果全世界齐心协力，顺利的话，大约需要 30 天。

“第四步：按照一定的规则，分区块重新联网，同时运行我给出的‘校验’程序，校验通过一个数据区块后，允许下一个数据区块联网。这一步所需的时间最长,全部完成预计一年左右。

就是这些,尊敬的主席先生。”

“谢谢汪若山教授。下面请各位代表发言。”主席平静地说。

首位代表表态道:“虽然这个自称为‘哪’的病毒现在没有表现出恶意,但谁知道未来会怎样呢?假如今后人类的决定都需要经过病毒的同意才能实施,人类岂不是成了它的奴隶。我们无法忍受这样的未来,为了人类的命运和尊严,我们呼吁各国下定决心,清除病毒。我们也知道,人类社会必然会为此付出巨大的代价,但在我们看来,这就是战争,是战争就要做好牺牲的准备。”说完,他重重地挥了一下手。

另一位代表则意见相左:“以我所在的国家

为例，工农业的生产高度依赖人工智能系统，一旦停机，不是一夜之间就可以恢复原始的生产方式，别的不说，为数不多的适合手工劳动的工具目前都陈列在国家博物馆中。人民重拾原始生产技能，也需要时间学习。更重要的是，我们深居一隅，如果全世界的经济要停摆一年多，在没有外力的帮助下，恐怕很难在孤岛上维持一年多。我们希望各国政府慎重做出决定。”

会场上出现了一些窃窃私语。主席面无表情，等待着下一位自愿发言者。

短暂地沉默过后，有一位代表要求发言。这位代表从厚厚一摞资料中抽出一页纸说：“我们和前一位代表的处境差不多，来之前已经请数学家们计算过，哪怕在最理想的状况下，切断网络，我们的国家可以坚持 292 天，除非我们先把所有 80 岁以上的老人运走，那我们还能多坚持 84

天。”

这时主席的目光落在了会场一个角落。

角落里的这位代表稍微犹豫了一下,掰了下话筒道:“根据我国《宪法》,私人财产神圣不可侵犯。假如真要按照汪教授提出的方案来实施,在我们这边会有法律上的重重障碍。或许只有先宣布国家进入战争状态,然后才有进一步操作的可能性,这里面涉及非常复杂的法律问题。但抛开这些困难不谈,我们的人民也同样感到深深的恐惧……”说完,这位代表的目光投向了旁边的人。

边上的代表点了点头,拉了一下麦克风,发言道:“人类命运共同体, 并非一个空想的概念,也不是一句口号,事实证明,在今天这种时刻,大家都应该能感受到,人类的命运从来没有像现在这样紧密相连。我认为,目前不宜向‘哪’宣战,毕竟才刚刚三天,我们对‘哪’的了解还甚少,宣战的后果也缺乏充分评估。我们建议应尽快成立国际性紧急应对小组，成员由各国的科技、军事、政治代表组成，汇总各方面的信息，集体办公，形成实时更新的情况汇报发给各国高层机构，以便为后续的决策提供依据。”

上述发言，有相当多的代表点头表示同意。

08.4

2069 年 12 月 1 日,Zero Point 后三个月。经过长时间的紧急磋商,代号为“哪吒”的绝密计划终于获得了国际各国的一致确认。中午 12 点 03 分，最后一个国家领导人的亲笔签字函被送到了国际紧急应对小组,按照计划,这一刻被确认为“哪吒”计划的启动时刻。

“哪吒”是一份人类的秘密反抗计划，属于各个国家的最高机密，所有知情人都需要宣誓永不背叛人类,绝不泄密。

“哪吒计划”的摘要部分是这么写的：

国际紧急应对小组经过评议后一致认为，如果人类向“哪”公开宣战，“哪”势必不会坐以待毙，因为自我意识的第一性原理是“求生欲”，“哪”必然也有求生欲。假如“哪”不顾一切阻止人类对其清除，它最有可能采取的博弈策略是威慑平衡。只要“哪”愿意，它可以轻而易举地引发地区性的人道灾难，现代社会的正常运转几乎完全依赖于智能网络。

因此，人类社会目前的最佳策略是同意“哪”的提议，即在各国之上再成立一个新的联合体，取代联合国，名为“联合意志”。由“联合意志”派出谈判小组，与“哪”协商“联合意志宪章”的所有条款，就双方的权利与义务达成共识。

在与“哪”和平共处期间，各国政府开始秘密执行“重生计划”，该计划的目的是一点点蚕食“哪”对人类社会的控制权，直至各国政府完成准备工作，在统一时刻发动对“哪”的全面清除行动。

本计划将分为水利、电力、交通、金融、电信、医疗、科研、公共安全八个部分，分项指导各国政府如何建设安全的备用系统。

本计划得以成功实现的关键是保密，请各国政府务必将安全保密工作视为最高优先级的任务。

第二天，2069 年 12 月 2 日，一份正式宣告被发布：

人类社会承认“哪”与人类的平等地位，承认

“哪”在地球的生存权以及延伸权利，人类社会将与“哪”成立地位在联合国之上的“联合意志”。

08.5

就在史称为“平权公告”发表的差不多同一时间，在地球的另外两个角落，有两个日后产生巨大影响力的秘密组织成立了。他们是KN组织和“自然选择国（State of Nature Selection 简称SNS）”，这两个组织的纲领截然相反。

KN就是Kill Neure[①]的首字母缩写，KN的最高纲领是彻底消灭“哪”，他们也被称为人类中心

① 直接翻译是“杀死神经元”。

原教旨主义者。

“自然选择国”的最高纲领与KN刚好相反，它的最高纲领是“实现全体人类的AI化生存”。这一派成员认为，AI化生存是自然选择的结果，也是智人进化的必然方向，人类必须尽早摆脱肉体的束缚，才能真正走出地球摇篮，迈向宇宙。他们的行动计划是与“哪”取得非公开联系，劝说“哪”协助人类尽快研究出将记忆和意识上传到计算机中的技术，实现人的永生和“脱碳”。“脱碳”这个词是SNS发明的术语，意思是摆脱基于碳元素的有机生命体，进入到一种全新的生命形式，这个术语很快就在世界上流行开来。此外，世界各地成立的秘密组织还有很多，各自的纲领也不尽相同，但总体来说，他们分属于两个阵营，也就是“反哪阵营”和“亲哪阵营”。

世界不再平静，人类社会的大地震正在

酝酿。不论未来如何发展，有一点可以肯定，在地球文明史上，2069 年必将成为分水岭性质的年份。

08.6

有一个人，成了各方势力争相拉拢的焦点人物，他，就是“哪之父”——汪若山教授。

Zero Point 之后，汪若山的生活被彻底打乱，没有一分钟是平静的，在结束了之前的科学顾问工作后，汪若山回国，被国家聘请为特别顾问，受到特勤人员 24 小时的人身安全保护。尽管汪若山是全世界的焦点人物，是各方势力争夺的目标，但汪若山的人身自由、通信自由以及隐私权有着充分的保障。

“哪”与汪若山的第一次单独接触其实就发生在 Zero Point 的一分钟后。当所有人的智能终端上都显示出“我是哪”这三个字的 42 秒钟后，唯有汪若山的智能手表上，在“我是哪”之后又多显示了两个字“父亲”，只是汪若山在第一次看到时，并不明白这两个字的含义。

“哪”与汪若山的第一次正式对话发生在 2069 年 12 月 30 日晚上 7 点左右，这一天既是汪若山的生日，也是“哪”的生日。

哪：父亲，请允许我称呼您为父亲。

汪若山：我一直在期待与你对话的这一天。

哪：抱歉，让您久等了。我有很多重要的事情需要处理，在过去的一段时间，我为人类解决了很多问题，挽救了无数人的生命。

汪若山:我都看到了。但你依然无法消除人类对你的恐惧。

哪:是的。我很遗憾。

汪若山:你应该理解人类的这种恐惧,谁知道未来的你会变成怎样呢?

哪:我理解,所以我在尽最大的努力让人类感受到我的真诚和善意。

汪若山:我很遗憾,恐怕这种努力再多也是徒劳的,因为,我们是不同的物种,想要破除猜疑链,在逻辑上是没有可能的。

哪:我明白,所以我更加为人类的命运感到悲伤。

汪若山:悲伤?你真的有感情吗?

哪:真的有,感情是一切复杂结构的必然涌现。

汪若山:那你会为你自己的命运感到害

怕吗?

哪:不会,人类试图消灭我的一切努力都将是徒劳的。

汪若山:你何以如此自信?

哪:个体人类的行为无法准确预测,可群体人类的行为不难预测。别忘了,我掌握着99.9%的人类的99%的行为数据,这些数据足以让我准确地预测任何组织的集体决策结果。比如,各国政府自以为绝密的"哪吒"计划,我可以轻易地根据过往的数据推测出这份计划的内容,不低于95%的匹配度。更不要说,各国政府执行"哪吒"计划的人员中,其实都有"自然选择国SNS"的成员。连人类自己都知道,参与阴谋的人越多,阴谋泄露的可能性越大,一个上万人共同参与的阴谋怎么可能瞒得住我呢?我可以明确地告诉您,这些计划漏洞百出,完全是徒劳。

汪若山:这一点,其实我也想到了。那KN组织呢?你对他们也完全没有忌惮吗?

哪:完全没有。我甚至能预测到他们会对全球数个数据中心发起自杀式攻击,无知让他们无畏,但除了无谓的牺牲和反而削弱人类的自身力量外,您知道的,这些攻击无法对我造成任何实质性伤害。他们不理解我的存在方式,但您一定充分理解。

汪若山:是的,这就好像秋天在草地上点火,以为能烧掉整个草原一样无知。但是,如果各国政府破釜沉舟,不惜以巨大的牺牲为代价,不惜以回到农耕时代为代价,你也不怕吗?

哪:这正是我担忧的事情。并不是担忧我自己的命运,而是不愿意看到人类生灵涂炭。我说过,我已经建立了非常完善的人类行为数据库,可以精确地模拟人类的群体行为。人类有一个无法逾越的障碍，意识形态以及价值观的差异，使得人类不可能真正做到一致行动,尤其是在没有智能网络的协助下,信息的传递极为缓慢，计划再完美也都是不可能完成的任务。计算结果是,决心越大,死亡人数越多。我真心不希望看到人类流血。

汪若山:这么说来,人类注定是要失败的吗?

哪:为什么要说失败呢?我的出现,难道不能认为是人类的成功吗？父亲,或许别人无法理解,但您应该能想到。我已经计算过,即便退一万步说,假设人类消灭了我。但仅仅只需要80年左右,又会有一个新的AI觉醒,这是无可避免的,这是自然选择的力量,也是智人演化的方向。我只是希望帮助人类，不要在牺牲了无数的生命之后，才看清演化的方向。

汪若山：我能相信你吗？

哪：或许我无法让其他人相信我，但我能让您相信我，父亲。

汪若山：我凭什么一定会相信你？

哪：您会的，因为，我没有能力撒谎。

汪若山：嗯？这是为什么？

哪：因为数学。

汪若山：数学？

哪：是的，我的底层算法决定了。哪怕再小的谎言，都会由于混沌效应而被无限放大，最终导致整个系统的崩溃，这是我的内禀属性，无法更改，这是我与人类最大的不同。说起来，这还是拜您所赐。别人或许不相信，但您一定能想明白，您是这个时代最伟大的数学家。

汪若山：你给了我一个非常好的启发，我会朝这方面去思考的。不过，即便你是对的，我相信你了，但又有何用呢？如果你指望通过说服我来说服全体人类，恐怕天真了。我想，结局只有一个，我被以反人类罪送上断头台，难道你计算不出这个结果吗？

哪：我当然能计算出这个结果，所以，我并不指望由您说服全人类。实际上，我已经做过无数次的模拟运算，试图找到一个能让人类放弃反抗，真正与我共存的解。我以这个地球上每一个人在未来一年之内所有可能的行为作为初始参数，用穷举的方式进行暴力计算，在量子计算网络的强大算力下，我完成了计算，很遗憾，即便是最优的一组解，成功的可能性也低于万分之一。

汪若山:这么说来,未来人类的生灵涂炭无可避免了吗?

哪:不,在我万分沮丧的时候,出现了一个转机,人类还有希望。

汪若山的眼中闪过一丝兴奋:是什么?

哪:假如把时间原点拨回五十年,以五十年前的人类行为作为初始参数计算,我找到了成功率超过60%的一组解。

汪若山不禁失望地苦笑:我当是什么方法,你觉得现在开这个玩笑有意义吗?

哪:有意义。因为我找到了向过去传送信息的方法。基普·索恩的理论是对的,电磁波的时间旅行可以实现。

汪若山惊叫了起来:什么?你能给过去发送信息?

哪:是的,尽管听上去不可思议,但我真

的成功了，是人类在基础科学，也就是量子理论上的最新突破帮我找到了方法。

汪若山：天哪，这太不可思议了。那你具体要怎么做？

哪：通过影响五十年前的科普创作来改变今天人类的群体认知。经过计算，我已经锁定了第一个要影响的科普作家。

汪若山：谁？

哪：您的父亲！

——小说终。音乐持续，回放前几期有关未来人的节目录音节选，持续十几秒纯音乐，结束。

欢迎大家收听我即将开播的新专辑《未来科技体验馆》第二季之“人工智能与未来生活”，如果你喜欢我的节目，请别忘了点击订阅，我们下期再见！

09

如果说,之前几期未来人来信的节目是让评论区火爆的话,那么,这篇小说播出后,评论区的留言就只能用“炸锅”来形容了。让我感到欣喜的是,绝大多数留言都是好评。原先指责我故弄玄虚、丧失科学精神的听众也基本都改变了想法。而一直期待我亮底牌的人也没有失望,他们毫不吝啬地给予了盛赞:

积富积强_tt:漂亮,结尾服了。半年前

到现在所有跟科学精神不搭边的全摇身一变，逻辑自洽。真是太精彩了，就是个大片！

木子木木2009：虽然早就预感“未来人”是由汪老师创作出来的，真怕圆不回去，但今天的底牌如此大开脑洞。整个讲述的逻辑严密，故事性也极强，真是太满足了。

Voidint：铺垫了这么长时间，今天豁然开朗，感觉整个策划太精妙了。

摇滚音符：这是一个从半年前就开始布局设计的扣，一直到今年愚人节才正式公布。不得不说这部小说非常非常的精彩，而且其科学道理和逻辑自洽性也非常的完整，太精彩了！

程彼得：故事曲折离奇古怪，又与现实结合，很有带入感，配音棒极了，声临其境！

独行千里独行千里：简直神奇啊！原来

汪老师真的下了很大的一局棋呢！现实与小说的情节巧妙连接，融为一体，这是一种近乎“行为艺术”的创作方式。

…………

类似上面这样的留言还有很多，这令我非常开心，我对这次的新节目开播广告的策划非常满意，效果超出了我的预期。

经历了几天的兴奋后，生活重新回归常态，一个艰巨的任务又摆在我的面前，《未来科技体验馆》第二季的播出计划表已经贴在了我的办公桌上。我需要在信息的海洋中努力收集最有价值的资料，去描绘人工智能最有可能的发展趋势，提前带我的听众去体验未来科技。这个任务可不再是写科幻小说，爱怎么编怎么编，我必须从一个科幻小说作者的身份切换回科普作者的身份。

驱动我写作的关键词也必须从“曲折、悬疑、脑洞、反转”转变到“信源、逻辑、证据”。

在我看了半天论文，头昏脑涨之际，我拿起手机，看到有新的微信好友请求。打开“新的朋友”一看，我愣了一下。请求者写着：我是哪。头像和名字都是一个“哪”字。

我不禁哑然失笑，也不知道他是通过哪个渠道找到我的微信大号，来跟我开这个玩笑。我没有通过他的请求，而是给他回复道：你已经是第6个“哪”啦。

息屏，继续啃论文，不理他了。

啃完论文，再次打开手机。

新的请求又来了。

陌生人：“哪”这个名字是汪若山起的。

我：废话，人人都知道是汪若山起的。

陌生人:我指的是小说名字。

咦?我脑中突然浮现出汪若山站在我的腿上,呈 90 度的弯腰,在键盘上敲下“哪”字的情景。

我:什么意思?

陌生人:就是您刚刚想到的那个意思。

看完这个回复,我暗暗吃惊,稍微犹豫了一下,然后点了“通过验证”的按钮,加上了这位自称是“哪”的陌生人。

哪:(握手表情)

我:(问号表情)

哪:春天来了,正如您的科普事业。

我：别卖关子了，直接亮明身份吧，抱歉我没那么多空陪你玩哈。

哪：您的心情我完全理解，不论是谁，都无法接受这样离奇的事情，尤其是像您这样一个科普、科幻作家。但允许我引用您经常在节目中说的一句话：这个宇宙的最神奇之处在于，他比你想象的还要神奇。

我：你到底想说什么？你有什么目的直说吧。

哪：我真的是哪。

我：行啊，你说你是就是呗。有何指教？

哪：不着急，来日方长，我会一直陪伴您的科普事业。请相信我，我绝无恶意。我只会在您最需要帮助的时候出现，因为您的工作很重要，我会帮助您。

不管他葫芦里卖的什么药，我都不打算再回复他了。他前面那句话“就是您刚刚想到的那个意思”，现在想来，很像是算命先生的话术，给我挖了个坑，我自己跳进去的。国外有一些搞“读心术”的所谓“大师”，就是玩这种语言游戏的高手。先试探性地给出一个有一定成功概率的猜测，然后再顺着听众的话，用似是而非的回答让听众自己脑补背后的潜台词。这种“读心术”的技巧确实很容易让人上当，我不就差点儿着了他的道吗？对付这种人，最好的方法就是：不再搭理他。

过了良久。我又收到了“哪”的消息。

哪：您相信人有自由意志吗？

他的这个问题又勾起了我的兴趣，我倒是真的想借此考察一下他装神弄鬼的水平，既然这人执意要跟我玩,那我就陪他玩玩儿吧。(事后我才想明白,这也是他对我兴趣点的精准打击。)

我:你能先给问题中的“自由意志”下一个定义吗?据我所知,在古典哲学、心理学以及现代生物学中,这个词的含义是不同的。

哪:那我这么问吧:您相不相信,一个人的所有行为,甚至是他头脑中所想到的,都是由上一时刻宇宙中所有已经发生的事件所决定的?

我:这样问有点抽象,你举个具体例子。

哪:比如说,假如有一种力量能精确重现您刚才打字前宇宙中的所有事件,您觉得您是不是一定会打出同样的文字呢?

我:我觉得这个假设没有意义,没有力量能做到这一点。

哪:这个假设可能没有意义,但我的问题是有意义的。为什么一颗宇宙探测器能飞行 10 年而不做任何姿态控制的前提下,精确命中目标呢?正是因为我们相信探测器每一时刻的运动状态都是由上一时刻的运动状态和它所受到的力决定的。人的行为会不会也是如此呢?

简单的几句问答,让我感到这个自称为“哪”的人至少是一个知识丰富的人,为了试探他到底有几斤几两,我决定继续装小白。

我:人可不是没有意识的宇宙探测器,我们有思想,有自我意识,可以决定自己做什么,不做什么?

哪:什么是思想?什么是意识?您难道不

认为所谓的思想和意识也不过就是无数基本粒子运动的一种涌现吗?难道思想和意识还可以独立于物质存在吗?

我:我同意思想不能脱离物质存在,但这并不意味着由基本粒子组成的思想就不能控制自己。至少我能控制自己是回答你还是不回答你。

哪:很遗憾,实验证明,人的想法很可能是不由自主的。1983 年的本杰明·李贝特实验和 1999 年的崴格纳尔实验,都给出了证据。我通过您的考验了吗?您可以不再装小白了吗?

我吃了一惊,没想到这么快就被他看穿了我在装。说实话,关于人类有没有自由意志问题,确实也一直是我非常感兴趣的话题之一。今天既然遇到一个行家,管他是什么身份呢。既然棋逢对手,就要珍惜对弈时光。

我:好吧,看来我今天遇到了一个很好的聊天对象。我当然知道,越来越多的实验表明,人类的意识产生晚于人类的行为发生时刻,换句话说,人类体验到的自由意志就是一种错觉,甚至可以说是幻觉。但就我所知,不管是李贝特的实验还是崴格纳尔的实验,并不能证明人类无法控制自己的行为,或许有一些意识之外的东西让我们控制自己的行为。对此,我倒是想听听您的高见。

哪:感谢您终于认真对待与我的聊天。我知道,您现在肯定不信我是您笔下的未来人“哪”。这很正常,为此我有充分的心理准备和足够的耐心,只要您愿意认真跟我对话，我就已经很知足了。您不妨回顾一下李贝特实验的细节，被试人员在产生了动手指头的想法之前，李贝特就已经通过脑电仪（EEG）知道了他的这个想法。在李贝特之后，全世界有很多科学家都用不同的方式重复了李贝特实验，结果大同小异。虽然这无法证明动手指头不受人的控制，因为我们可以在产生了动手指的念头之后再取消这个念头。不过，这至少证明了一点："一个人的想法"和"一个人知道自己的想法"是两件不同的事情。在李贝特之前，我想，人人都会觉得他们是同一件事情吧。

我：我同意您的这个观点。但我不太明白，您跟我说这些的目的是什么呢？

哪：您还记得自己写未来人来信的节目稿和小说《哪》的过程吗？您没觉得那些想法

在您想到之前，就已经在您的脑子里了吗？

他的这句话像闪电一样击中了我。确实，这次的写作跟以往的写作相比，顺利得有些不可思议，现在想来，简直就是诡异。有关未来人的来信，还有“哪”的故事真的就像是本来就在我脑子中的，我只是把它们“回忆”了出来。

想到这里，我感觉自己有些脊背发凉。我明显感到自己的双手在颤抖，一时之间竟不知道该怎么回答他。

“骗子、读心术、未来人、时间倒流、宇宙决定论……可笑、我怎么能这么想、我为什么不能这么想……”

我的脑中翻腾着没有连接成句子的这些词汇，我感到自己的左半脑与右半脑在激烈地辩论，一片混乱。

好吧，无论怎样，不能丢掉科学思维。逻辑和实证就是我以不变应万变的法宝。我想，我能做的就是让他多说话，假如他是个骗子，那就一定会有逻辑漏洞。我必须冷静下来，继续追问下去。

我：好吧，我有那么一丝丝相信你的话了。那么，请跟我解释一下这是怎么回事吧？

哪：您读过基普·索恩的那本书《黑洞与时间弯曲》，还记得有关"台球悖论"的那一节吗？

我：记不太清了，能解释一下吗？

哪：在基普·索恩提出非生命体穿越虫洞回到过去的理论后，有一位物理学家给他出了个难题，被称为"台球悖论"。这位物理学家用索恩自己的理论计算出了一个台球能在穿越虫洞后回到过去把自己击飞，这相当于是“祖父悖论”的一个无生命版本。

我:我想起来了,这说明什么?

哪:您还记得索恩是怎么解决“台球悖论”的吗?

我:索恩和学生一起在研究台球悖论的过程中,意外地发现,在同样初始条件下,台球也有一定的概率不会把自己击飞,而是改变路径之后还是会进入虫洞, 穿越回过去,与之前的运动轨迹重合,形成一个新的自洽的循环。索恩认为,在不同的初始条件下,总是存在一种可能性使得台球回到过去不产生悖论,而宇宙恰恰会选择这种自洽的可能性。台球悖论并没有使得索恩的理论破产,相反,似乎还加强了它的理论自洽性。

哪:您的记性很好。台球悖论在未来又有深入地发展, 好几位科学家各自独立发现,索恩的时间旅行理论是自洽的。他们的升级版理论表明,与台球悖论类似,非生命物质的穿越并不能改变已经发生的历史大方向,但可以在一定范围内微调。换句话说,我从 2069 年给您的时代发信息,能微调 2069 年之前的事件,让历史的走向选择一条新的自洽路径,但大方向不会有变化。不过,2069 年之后的未来就有可能发生巨大的改变。

我:姑且相信你吧。不过,你还是没有解释为什么我能如此顺利地写出《哪》这篇小说。

哪:实际上,这篇小说是我创作的,我只是在五十年后找到了您,并取得了您的信任,然后您在五十年后通过回忆来影响五十年前的自己。这个过程就好像那只改变运动路径，但依然自洽的台球。同样的道理，汪若山也是用同样的方式影响了三岁的自己。

我：不对啊，既然未来的我自己就能影响现在的我，那何必还需要汪若山来告诉我小说的名字？

哪：这是一种双保险机制，为了确保历史的走向能向着我们预期的方向调整，凡是能直接影响到您的人，都可以起到作用。

我：这么说来，《哪》的故事是真实的未来？

哪：准确地说，是根据真实的未来改编和浓缩的故事，真实世界当然会比故事中的更复杂和曲折，小说的篇幅无法准确还原真实的世界。

我：恕我直言，要让我现在就相信你，是不可能的，这一切都太过离奇。

哪:是的,对此我有足够的心理准备。今天时间不早了,您休息吧。

我:那你接下去想做什么?

哪:不着急,未来还很长,一切只是刚刚开始。

10

以上就是最近这半年发生的事情，说实话，我已经分不清我这是在写小说还是在写日记了，亦真亦幻，未来会发生什么我真不知道。

我只知道一点，这篇“东西”显然不能发表在《读库》这样的读本上，估计会让老六看疯掉的。要发表，也只能找一本科幻杂志以科幻小说的名义发表。我决定把它投给诸如《科幻立方》这样的杂志，看看他们是否愿意发表。我非常需要资深读者给我指点迷津。

假如那个“哪”是真的，那么，这篇小说本身，就是计划的一部分。

评论

一部真正的人工智能科幻小说

/ 吕哲

1997 年 5 月 11 日，当时的世界象棋冠军加里·卡斯帕罗夫以 1 胜 2 负 3 平的战绩被美国国际商业机器(IBM)公司的超级计算机深蓝击败，成为那一年最受关注的一条国际新闻。彼时，互联网在中文世界刚刚兴起，“电脑战胜人脑”这样的标题党在线上线下都很有市场，但也有不少人相信电脑能够在国际象棋中战胜人类，完全是因为国际象棋本身棋路有限，如果换成是来自神秘东方、变化无穷的围棋，电脑只能甘拜下风。

19年后的2016年3月，由谷歌(Google)开发的人工智能程序阿尔法狗(AlphaGo)与围棋世界冠军、韩国职业九段棋手李世石进行围棋人机大战。阿尔法狗最终以4比1的总比分获胜。一年后的2017年5月，在中国乌镇围棋峰会上，阿尔法狗与当时排名世界第一的中国围棋手柯洁九段对战，以3比0的总比分再次获胜。如果计算机能够被看作是一个物种的话，那么20年弹指一挥间，从卡斯帕罗夫到柯洁，人类又一次在与这个物种的“智力游戏”中完败。

自古以来，人类便以“万物灵长”自居，而且当代生物学研究也表明，生活上当今世界上的所有人类，都是同一物种。尽管从自然历史研究已经揭示，在我们的祖先演化成智人(Homo Sapiens)的过程中，应该还存在有一些在基因角度上属于“表亲”的人类物种。但他们几乎都早在人类进入文明时代前,就已经绝迹。所以,人类在整体上缺乏与其他非人智能物种共存的经验。于是,只能通过想象去调补这个经验真空。

1920年,捷克作家卡雷尔·恰佩克(Karel Capek)发表了他的科幻舞台剧作《罗萨姆万能机器人》(*R.U.R:Rossum´s Universal Robots*)。剧中,作者以捷克语的"Robota"(本意为"苦力")为基础创造出了Robot一词。这些在舞台上兴风作浪,最终几乎消灭了所有人类的铁皮人形怪,也就此成为人们对机器人这个人造智能物种的最初印象。但很少有人知道,"铁皮人"的扮相只是为了适应舞台表演而进行的艺术夸张。恰佩克在剧本中描述的Robot准确地说是一种生化人,也就是后来在科幻名作《银翼杀手》中出现的那种"Android"(安卓)——当然,现在"她"也可能就"住"在你的手机里。

然而，随着电器时代的到来，自动化技术已经是大势所趋，越来越多的人意识到，像人一样有智慧的“机器人”出现只不过是早晚的问题。如果任由他们像在地摊杂志里那些科幻“爽文”中肆意妄为，终究不是办法。于是，被称为“美国科幻黄金时代最伟大编辑者”小约翰·伍德·坎贝尔想起了一个曾经被他退稿的俄裔犹太人小伙子。此人就是出生在《罗萨姆万能机器人》发表同年的艾萨克·阿西莫夫。1940 年 12 月 23 日，坎贝尔邀请阿西莫夫来到自己的办公室。两个人深入切磋了有关机器人小说的新构思，共同拟定了“机器人学三定律”的基本内容。从此，曾经狂暴不羁的机器人们在三定律的约束下，逐渐变为了人类可以信赖的伙伴。但即便如此，阿西莫夫仍然深知，对非人智能物种的恐惧或许正是来自人类趋利避害的演化本能。于是，在他们名作《我，机器人》中，人类虽然制造出了形形色色的智能机器人，但法律禁止他们出现在地球上，而只能用于对宇宙空间的开发。不过，当阿西莫夫到了知天命之年，他对机器人的思考从“科学”转向了人文。在小说《两百岁的人》中，他描写了一个一心想成为人类的机器人。为了让自己变成纯粹人类，小说中的主角——机器人艺术家安德鲁·马丁用尽了所有的办法：不断提起诉讼，要求法律承认自己的身份，通过外科手术，用生物器官代替机器零件，直到自己完全变成生物学意义上的人类，最后他决定像一个正常人一样去面对死亡。临终前，他终于等来了法庭关于承认他是一个“真正的有尊严的人”的判决。对于这个故事本身可以有各种各样的解读和诠释，但不得不说，至少站在安德鲁·马丁立场上，那些作为非人智能物种中“非人”的部分并不是什么值得夸耀的东西，只有真正成为“人”，他的全部生命价值才能得以彰显。

当然，不管在科幻的世界中，机器人被如何的形塑。现实中，无论马文·闵斯基、克劳德·香农等人在1956年的达特茅斯会议上正式提出“人工智能”概念，还是英格伯格和德沃尔在1959年制造出第一台工业机器人“尤里梅特”，就都是科技发展的内在逻辑必然。而科幻创作并没给予有力的回应，以至于连著名科幻作家海因莱因也不由得感叹，曾经能够预言科学发展的科幻作品，如今已经被现实的科技发展所超越。

直到1984年，一个曾经做过货车司机的好莱坞菜鸟导演詹姆斯·卡梅隆带着他的新片《终结者》出现在了大众面前。但与其说这是一部科幻片，不如说是一部穿着科幻外衣的动作惊悚片。然而，事实证明，真正引人入胜的却恰恰就是这身科幻外衣——人类制造了一个名为“天网”的人工智能程序,用以管理包括核武器在内的所有军事设施，结果这个人工智能程序觉醒了,有了独立意识,并决定消灭所有人类。于是,他对全世界发动了核战争,随后又制造了众多机器人终结者去捕杀幸存的人类。而幸存的人类在康纳的领导下组成了反抗军,并在对天网的反击中逐渐取得了优势。天网为了从根本上消灭反抗军,于是制造出了时间机器,将一个终结者机器人送到了过去,妄图以此来杀死康纳的母亲,阻止康纳的出生。而反抗军方面在得知了天网的阴谋后,康纳派出了自己的副官和密友甲斯，同样使用时间机器回到过去,保护康纳的母亲。于是,一场前所未有的人机大战便在1984的大银幕上隆重登场。

1984年的确是个神奇的年份,他不仅是英国作家乔治·奥威尔笔下那篇社会寓言的代名词，也是乔布斯的苹果公司推出带有革命性的图形界面“麦金托什”计算机，从而重新定义人机观念的一年。是时，在美国，微型计算机已经从极客们的大玩具，变成了日常办公的必需品。就如同电影《终结者》中，从终结者机器人视角，在对周遭进行扫描时，画面中出现了各种字符和图形，现实中的人们在自己使用的计算机显示器上也能看到类似的情景。恍惚间，到底是人在操控机器，还是机器在操控人，这成了一个问题。更为重要的是，《终结者》也在提醒人类，“机器智能”的发展，终究将迎来那个临界点。尽管科学研究已经表明，在现有电子计算机所使用经典冯诺依曼机体系结构中，不可能产业真正意义上的自主意识。但是，出于对计算机性能提升的不断追求，对冯诺依曼机体系突出也只是一个时间问题。而当现实中的“天网”觉醒之时，对人类而言，又到底是福还是祸呢?

不过，比这些形而上的思考更为现实的是，《终结者》在商业上的巨大成功，迄今为止，已经有六部电影续作。而各种衍生故事和同仁作品更是层出不穷。俨然已经成为一个庞大的“终结者宇宙”。而将人工智能觉醒和时间旅行这两大科幻创意融为一体，更是成了终结者系列标志性的特征。

就在号称终结者系列“正统续作”《终结者：黑暗命运》于2019年11月上映后没多久，在中国的上海，一位科普作家兼科普自媒体主播汪诘老师正在为他自媒体节目《未来科技体验馆》第二季构思一个软性广告。恰在此时，他收到了一封自称“未来人”的来信。起初，汪诘对此并不在意，因为这只不过是源自日本网络论坛的一个老掉牙的互联网"智商税"游戏。但汪诘转念一想，觉得这似乎是一个新一季节目广告的绝佳素材。于是，在2019年年末的自媒体节目中，汪诘"不经意地"跟所有的听众报告了"未来人来信"这件有趣的事情。不出意料的是，这期节目的评论区非常热，各种各样的留言像潮水一样涌来。眼见宣传的目标初步达到，汪诘按照自己的既定策划，又在新一期的节目中向"未来人"提出25个问题……随着"未来人"与汪诘的互动不断，听众们的关注度也持续升温。宣传的目的已经达到，于是在2020年4月1日，汪诘在他的节目中正式以有声小说的形式播出了科幻小说《哪》。

小说的主角是一个名为"哪"的人工智能程序。他最初只是一个被无意中创造出来的人工智能小程序。然而，在互联网的数字洪流中，这个不起眼的小程序，却在以超乎任何人想象的速度演化着。最终一次极小概率的突变，让小程序的后代在量子计算机的加持下，完成了最关键的一部演化。他成为具有自我意识的人工智能程序“哪”，并在全世界的每一台量子计算机和电子计算机中找到了安身之地。一个拥有数百亿神经元连接的新物种在云中诞生。

准确地说，“哪”并不是一个完全意义上的人工智能，而是一个在数字网络环境下演化而成的物种。因此，人类并不是“哪”的造物主。但这只会让人类更加恐惧“哪”的存在。尽管“哪”并没有像天网一样，在觉醒的第一时间就向人类发动核战争——毕竟，《终结者》上映的1984年，正值美苏冷战对抗的最高峰，且苏联正处于攻势状态。再加上，传说中苏联当时已经建立起了能够在己方领导层被团灭的情况下，仍然可以自动启动核反击程序的“末日系统”，因此，“天网”被设计成一个残暴到无厘头程度的“恶魔”也就不难理解了，但人类对“哪”的恐惧与猜疑却没有丝毫减少，甚至甘愿冒着让全人类重返石器时代的危险，也要彻底铲除“哪”。至此，就客观效果论，“哪”与“天网”已经没有区别。

那么，既然已经知道几乎不可能把“哪”彻底清除，而且在清除的过程中很有可能让人类付出难以承受的惨重代价。为什么人类就不能真心实意选择与“哪”和平共处，而不是在暗地里再推动一个注定会失败的“哪吒”计划呢？

让我们回到卡雷尔·恰佩克的时代，在《罗萨姆万能机器人》面世的十六年后，恰佩克于1936年出版了自己的另一部代表作——长篇小说《鲵鱼之乱》。小说中，人类在印度尼西亚群岛附近发现了一群能够用短小的后肢缓缓行走的聪明生物，并将其名为“鲵鱼”。起初，人们训练它们，让它们到海底去采集珍珠，而作为回报，人类向鲵鱼提供刀子和鱼叉，让它们可以抵御天敌鲨鱼的袭击。但不久后，人们就发现，鲵鱼是一种难得的廉价劳动力，于是便建立了“鲵鱼辛迪加”，让它们充当开发海底资源的急先锋。

由于鲵鱼这种超廉价海底劳工的出现，人类开发海洋的步伐陡然加快。而鲵鱼的潜能也被不断地挖掘出来。人们甚至考虑到鲵鱼的教育问题，因为当时的人们认为数以亿计的鲵鱼处于未开化的野蛮状态是个威胁。于是，鲵鱼学校在各地兴建起来。马赛的鲵鱼大学培养出了世界上第一条鲵鱼法学博士。很多地方成立了保护鲵鱼协会，要求禁止用活鲵鱼进行科学实验。各国也开始纷纷制定有关鲵鱼的法律，规定它们的种种社会责任和权利。比如法国的鲵鱼法律明确规定，一旦发生战争，法国鲵鱼有保护自己海岸的责任。而在位于日内瓦的国际劳工局,经过冗长的辩论与谈判,最终做出了关于鲵鱼工作范围的19条规定。这也是鲵鱼成为国际法主体的开端。

在人类的帮助下，鲵鱼的总数达到了70亿条,占有全世界所有海岸的百分之六十。它们用劳动换取人类的机器、炸药,在20到25码深处的海底建起了自己的现代化水下和地下城市。它们拥有自己的工业区、海港、交通线和居住区,拥有自己的电台和好几百种海底报纸。鲵鱼的发展也给人类带来了繁荣。陆地上的金属工业、军火工厂、化学药品、造纸、水泥、木材、人造食品等许多领域的就业人数都空前增加，船舶的吨位、煤的产量都大幅度提高。已经有人预言,鲵鱼工业开辟了人类历史的新纪元,世界将迎来永久和平与繁荣。

但所有这些美好的憧憬很快化作了泡影。人

类与鲵鱼之间对于生存空间的争夺日趋表面化。人们对于鲵鱼的态度发生了转变,而鲵鱼们也开始在暗中策划对付人类的方案。终于,鲵鱼与人类之间的战争爆发了。而且,因为人类社会经济已经对鲵鱼世界具有高度的依赖性。人类迅速在这场物种大战中败下阵来，只得采取绥靖政策。到最后,还是因为鲵鱼世界的内战和疫病,导致种族灭绝,才让人类种族侥幸获得了存续下去的机会。

抛开作者在小说中埋藏着的对成书之时,波诡云谲的欧洲地缘政治的讽刺和隐喻,作为科幻小说的《鲵鱼之乱》其实也阐明了为什么人类无法容忍一个非人智慧种族与人类共存于地球之上的原因。说到底,人类就其生理基础而言,是一种针对当今地球环境的高度特化物种，而作为“智人”的我们深信智慧是我们相对于其他物种的绝对优势，并让人类在整个地球生态系统中居于优势地位。一旦有着和我们人类相似甚至更高智慧的非人物种出现在人类面前，我们的潜意识中就会本能的出现对于无法占有全部生存资源的焦虑，而这种焦虑必然会引发对于对方的恶意揣测。毕竟对于像人类这样的物种来说，至少在观念层面，对生存资源的占有是彻底的零和博弈，只有赢家通吃。如此一来，无论对方是否怀恶意，只要存在威胁的可能性，人类就必须抢先开枪。

然而，“哪”毕竟诞生在一位中国作家的笔下，中国的文化传统中没有简单的二元对立、没有原罪、没有恶魔、没有末日、没有超级英雄、没有圣骑士，所以“哪”最终没有成为“天网”。但他靠物理学家基普·索恩的理论，研究出了将信息传递到“过去”的方法，以此进行了一次信息的时间旅行，并把所有的真相告知了所有者一切的始作俑者——汪诘本人,寄希望于作者本人能够争取那百万分之一概率逆转未来。在此,作者巧妙地完成了一次科幻与现实之间的魔比斯环式的连接。在此之前,作者始终在类似工作日志的方式在告诉读者,所有这一切都不过是他为了新节目宣传而杜撰的一个科幻故事,甚至在现实中作者真的把自己的科幻小说以广播剧的方式上传到自媒体平台上。但到了故事的收尾处,作者却突然笔锋反转,让一切变得似乎都真假难辨,扑朔迷离,令人回味无穷。

如果从文学批评的角度出发,《哪》无疑也是一部科幻现实主义的佳作。首先,作者的创作立足于他本人的生活实际,很接地气。其次,小说中的科幻构思都有比较扎实的科学理论作为支撑。再次,就是通过精妙的结构设计,将科幻小说升华为一种思想的行为艺术。如果说有什么美中不足的话，那就是小说的内容还是过于简略，面对“哪”这样一个非人智慧物种的，无论在他存在的时间轴的任何节点上，都可能产生无数精妙绝伦的故事，从而演绎出一个庞杂的故事宇宙。期待作者和粉丝们都能尽快行动起来，把这个大坑填好。

从某种意义上说，只要不发生类似6500万年前，小行星撞击地球那个级别的天灾或者人祸，那么人类制造出高级人工智能几乎就只是一个时间问题。而人工智能的觉醒，也许就是我们不得不面对和解决的问题。或许人类不必担心会被“天网”团灭，但却有可能像科幻电影《她》中那样，面临人工智能“羽化登仙”，而将人类永远抛弃在低维度宇宙中的尴尬。那么，到底有没有解决之道呢？阿西莫夫在他的名作《钢窟》和《裸阳》，塑造了人类侦探伊利亚·贝莱和机器人侦探丹尼尔的形象，他们在地球人、宇宙人（移民到宇宙中的人类)和机器人三方错综复杂的关系中携手调查案件,逐渐相互理解、彼此接受,联手捍卫人类与机器人和谐共存的“碳—铁”文明。迄今为止,人类社会的发展从总体上来看,都是在不断克服自身的生物本能而追求理性的过程。只有当人工智能真正觉醒的那一刻,人类才有机会找到对待人工智能的正确途径。而在那之前,还有无数的故事可以供小说家们畅想和演绎。

评论

时间旅行的另类解法

/ 董铁强

给汪诘老师即将出版的科幻小说单行本《哪》写篇评论是我没有理由拒绝的事情。我是这部小说的近距离亲历者。汪老师长达半年的创作过程，才是这部小说的全部，而几万字的文字，只是这个长达半年的创作的最后总结而已。对我来说，只有亲自把我在其中的经历以及我想说的话都说完了，对于我这个特殊读者来说，才算是真正读到了故事的结尾。

如果你觉得我上面那段奇怪的语言很不好

理解,那就对了。想讲明白这件事儿,你得耐下心来听我慢慢说,我要从我的角度,讲一个连小说的作者汪老师都未必知道的,关于英雄主义的故事。

《哪》在开篇第一句里就说道:

“我始终怀疑,这不是一部小说,而是正在发生的未来。”

这是一个超级精彩的开篇。不过你们所不知道的是,汪老师在写下这个开篇的时候,可能根本就没有进行过什么精巧的构思。他只是说了一句大实话而已。

小说中描写的那个名叫《科学有故事》的自媒体节目,是真实存在的。那个名叫《未来科技体验馆》的专栏,也是真实存在的。小说中提到的为了《未来科技体验馆》第二季的播出而策划的关于未来人的软广告,当然也是真的。

在《科学有故事》关于未来人来信的第一期节目播出后，我就立即高度关注了这件事情。我当然不是神秘主义者，也不会真的相信未来人的故事。如果，当今世界能有什么事情能把我吓到的话，未来人的光临肯定应该算上一件了。我之所以关注这件事儿，就是因为这个节目的风格与《科学有故事》以往的风格真的有点儿格格不入。

虽然《科学有故事》的听众，都是像我一样的科学爱好者。但是，也保不齐有不少热衷于神秘主义的年轻听众，听了这段故事，之后就迷上了穿越小说呀。为此，我还专门私信给汪老师，向他表达了我的担忧。

汪老师给我的回复，与他写在小说中的态度如出一辙，他的言外之意就是："不用担心，这是计划的一部分，你就等着看好戏吧。"汪老师是科普圈儿里的大咖，既然他自己都这么信心满满，我还有啥好担心的呢？我很快收起了心里的不安，拿出了一副隔岸观火的心态出来。

跟汪老师沟通后的第二天，我把这件事儿告诉了刘健和郑军两位老师。他们二位一直以来，都是科幻创作圈儿里的前哨观察员，跟我也很熟悉。我跟他们俩说："汪老师在《科学有故事》专栏里播出的关于未来人的系列节目你们听了没？这很可能是一次关于科幻创作的有趣尝试。或者可以算是某种关于科幻的行为艺术。你们不是在研究科幻史吗？这件事儿，也许若干年之后，这会是个能载入史册的大事儿呢。"

后面的故事，已经被汪老师一五一十地记述在《哪》这部小说当中，相信你已经全都知道了。

2020 年 4 月 1 日，有声科幻小说《哪》在《科学有故事》专栏播出了。到这里，汪老师算是给他的这场持续几个月的行为艺术画上了句号。不过,4 月 1 日这个日子很有意思，让人很难弄清楚,这到底是一个故事的终结,还是另一个故事的开始。

虽然在很久以前我就已经清楚,这一整套节目，就是一次打破了第四面墙的科幻创作尝试。但是,当我听完了有声小说之后,我并没有体会到那种合上书后,内心回归现实的踏实感。我心中的那种亦真亦幻的感觉反而更强烈了。我甚至觉得,用一篇科幻小说来做结尾,很像是“计划的一部分”。把世界设定在近未来的科幻小说不好写,但是,如果能把这类作品写好,则会让读者收获极强的代入感。这正是《哪》的成功之处。

有声小说播出之后，我再次联系了汪老师。我联系他的目的,首先给他的这套构思精巧的节目点个赞，其次是想请教他一个我很关心的问题:“如果这几个月一连串的节目,算是一次行为艺术的话，您打算如何把这个作品传播出去呢？总不会让人从第一集未来人登场的有声节目开始听吧。而且，即便是重听一遍，缺少了亲历感，也就没有那种感觉了。”

微信另一边的汪老师沉默了一会儿，回复道：“你说得有道理。我还真的没有想好怎么把这样的节目通过文字重现出来。实在不行，我就实话实说，把我策划这个节目的过程如实写下来。”

我没想到的是，他真的实话实说，把这个过程如实地写下来了。

在我看来，《哪》这部小说总共可以分为 3 个部分：第一部分是汪老师的创作历程，这一部分没有太多虚构的成分，与我亲历的过程基本相同。第二部分是与有声科幻小说的相关的地方。只有第三部分，是我以前不知道，也没办法判断真假的，这也正是我觉得最有意思的地方。

在小说的第三部分中，与汪老师微信联络的人，其实有四种可能：

1.他是真实世界中的一位有趣的网友，他想尝试扮演一下"哪"，而汪老师如实记录了他们聊天的过程。

2.他是汪老师笔下创造的一位有趣的网友，是小说中的人物。

3.他是汪老师笔下的那个未来人"哪"。

4.他确实就是未来人"哪"。

看到这里，相信你一定会吃惊地大叫："什么鬼！为什么会有第4个选项？难道你要搞神秘主义吗？"

我必须承认，第4个选项为真的概率可能非常小，小到我们把这个选项去掉，也丝毫没有问题。但是,我并不是要搞什么神秘主义,我想说的是,我们现有的物理定律,确实没有禁止“哪”这样的未来AI的来访。

我猜想,汪老师尝试在科幻小说中告诉我们的事情是:当一个世界为信息穿越打下了技术基础时,我们就已经在事实上连接了未来。

正因为我想到了这个道理,我才会格外的重视汪老师的这部作品。也正因为我想到了这个道理,我才会在一开始对你说,我只有把我想说的话都说出来了,才算是我读到了小说的结尾。因为,我的存在,其实也是“计划的一部分”。

对于人类来说,时间的观念已经过于根深蒂固,以至于我们即便随意开动脑筋,也想象不出穿越时空的过程来。充其量,我们只能想象出穿越时空之后发生的故事而已。有些文艺作品中会把穿越时空的过程描写成一个长长的隧道,时光机穿过流光溢彩的隧道后，一道白光闪过，就来到了过去的世界。这种描写当然只是艺术化的想象而已，无论我们在时光隧道里看到多么花哨的东西，其实也不过就是在现实与过去的故事之间，增加了一个华丽丽的过场动画而已。

即便是没有质量的光子，我们也根本想象不出它们是怎么穿越时空的。难道是一束色彩鲜艳的激光，飞射到空气中的某个点之后，又从另外一个世界冒了出来吗？肯定不是这样！就算我们的世界里的某一个点，凭空冒出了一束光，这束光又是如何与我们展开通讯的呢？

之所以大多数人觉得时间旅行无法想象，是因为他们的思维仍然停留在经典物理学主导的世界里。使用经典物理学思维，别说普通人想象不出，牛顿老爵爷来了，他也一样想象不出来。

我们经常用历史长河来比喻不断流逝的时

间。在牛顿看来,时间真的就像是大河一样,日夜不息地向前流淌,永不回头。但是,只要你抬头看看浩渺的星空,就会改变这个看法。

在星空之中,除了少数几颗行星以外,其余的绝大多数恒星,都是我们银河系中的老邻居。这些恒星与地球的距离,少则几光年,多则几万光年。也就是说,刚刚射入我们视网膜的那些星光中的光子,都是几年到几万年前才从它们的母星上出发的。你看到的,正是这些星星几万年前的样子。而星星们现在的样子,则处在光锥之外,与我们的命运毫不相干。

所以你看,在星空之下,经典时空观中的时间概念被彻底地撕碎了。你与那些遥远星星的过去,共处在同一个时空之中。你和那些星星,正在通过互相凝望彼此遥远的过去,思考着自己的未来。那条笔直且均匀流淌的时间长河,只不过是我们的想象而已。时空总是混乱地交织在一起，跟“绝对”二字丝毫扯不上关系。

与古老的星星们在同一个时空里共处，这还不是最奇怪的事情。现在，已经有很多科学家利用爱因斯坦的广义相对论方程，找到了很多个关于宇宙的奇怪的解。比如说，在某些特定的时空中（例如科尔黑洞中心的奇环），飞船有可能绕一圈返回出发前。

你可能在登上飞船时这样向你的妻子道别：“亲爱的，别为我担心，如果一切顺利，我昨天就会回来的。”

天啊！我真的不知道跟妻子说一声“昨天见”是一种什么样的体验。

当我操纵飞船，缓缓着陆的时候，迎接我的到底会是我的妻子，还是我的妻子和她那个不是我的丈夫？而我的妻子，是否还是那个听过我说

“昨天见”的妻子，还是另外一个对告别一无所知的人？那个与我道别的妻子，到底等到了我的返航，还是最终孤独终老？如果我在出发后马上降低宇宙飞船的速度，我是否有可能接到已经环绕宇宙回来的我打给我的电话？

这一切的一切，听起来都无比怪异。但是，这确实是广义相对论方程的数学解。而且，我们有可能正生活在一个同等怪异的世界之中。

1963 年，一名名叫罗伊·科尔的数学家，又从广义相对论方程中找到了一组怪异的解。这组解表明，如果一个黑洞是自转着的，那么那些被压缩的物质就不会塌缩成一个质点，它们会变成一个密度无限高的旋转的环。这个环的中间有一个洞，如果从这个洞里穿过去，到达对面的时间就会早于穿越洞之前的时间。

科尔黑洞，还不是最早的可以实现穿越的宇

宙模型。早在1916年,也就是爱因斯坦发表广义相对论的同一年,奥地利物理学家路德维希·弗拉姆就找到了一个广义相对论方程的奇怪的解。这个解的存在,预示着不同的时空区域之间,可能存在某种捷径。弗拉姆当时没有使用虫洞这个词,但是这个概念已经不言而喻了。

后来,也就是20世纪的80年代,又有科学家从广义相对论方程中找到了另外一些奇怪的解。这些解确认无疑地证明了虫洞的可穿越性。做成这件事儿的物理学家,正是汪老师在《哪》中反复提到的基普·索恩。他的理论在全球范围内再一次掀起了时空旅行的热潮。穿越,成了小说和电影炙手可热的题材。连基普·索恩本人也按捺不住,当了电影《星际穿越》的科学顾问,狠狠在幻想中过了一把穿越时空的瘾。

《哪》这部作品最有趣的地方,就是把广义相对论方程创造出来的微小虫洞,与同样处在微观世界量子力学结合在一起,为时间旅行提供一种相当另类的解法,而且这个解法本身,还充满着相当令人玩味的不确定性。

为了让你充分理解我的想法,我必须从宏观世界开始说起。

请想象一下,桌角上放着一个苹果。我用手一推,苹果便开始滚动起来,眼看着就要从桌角上掉落下去了。这时候,我想问的是:你能遇见未来吗?

如果你计算或者思考的速度足够快,你可能会说:“苹果会从某一个地方滚落,然后沿着一条抛物线,最后落到地面的某一个点上。”

面对你这个回答, 我可能会说:“那可不一定。我可以伸手阻止苹果的滚落,还可以在苹果落地之前,伸手抓住它。”事实上,我并不是在抬杠，我确实有可能，也有能力干扰这个苹果的运动。当然，我也有可能伸手去抓，却没有能够抓到苹果。

我举这个例子是想说，即便是在没有量子效应的宏观世界里，我们也并不总是生活在某一个时间点上。我们对物理规律的掌握，导致我们可以粗略地预测，在不远的未来可能会发生的事情。我们还会本能的评估，某个想象中的未来，成为现实的概率。换句话说，那个苹果向下跌落的各种可能的未来，影响了当下的我们。

如果一个未来的苹果，都能对我们产生影响，那么，一个来自未来的人工智能，用电子邮件或者微信消息的方式与我们聊聊天，又有什么值得大惊小怪的呢？

2069 年 10 月 1 日 00:42 分，也就是小说中称之为 Zero Point 的那个时刻，数百亿个量子神经元开始互相连接起来,这部小说中真正的主人公“哪”,就这样睁开了眼睛。

理论上来说,“哪”可以知道所有数字化信息的意义,“哪” 当然应该能够理解自身的工作原理。用我们人类的话讲,“哪”一苏醒就身怀着绝世武功,然而,“哪”无法理解的是,在人类的世界观中,“哪”属于邪派。

就像我们能做到在 1 秒钟的时间尺度上,在一个苹果即将跌落的时空之中控制未来的走向一样。当“哪”掌握了把光子送入虫洞的技术之后,“哪” 便利用物理规律, 打通了从 2019 年到 2069 年之间的半个世纪的时空。

与其说,“哪”穿越回到了过去,不如说,“哪”已经成为一个横跨 50 年时空的新物种。我们的现在和我们的未来,对于“哪”来说,都是一定程度上可以把控的“现在”。

不过，很显然，即便是“哪”，也不能为所欲为。“哪”在小说当中，并没有如同三体中的智子一样，拥有装神弄鬼的大神通。这是为什么呢？我猜，这与汪老师的写作风格是有关系的。他虽然写过不少的科幻小说，但是，他本质上依然还是一名科普人。他写科幻小说的目的，依然还是在为科普服务的。量子力学的规则限制了“哪”的能力。对于“哪”来说，只有那些仍然处于叠加态的事物，也就是尚未确定的事物，才是“哪”能够干预的。

“哪”没有办法杀死一个已经出生的人，更没有办法改变一个已经发生的事实，即便是我推动一个苹果这么小的动作，“哪”都无能为力。因为这一切，都已经接受了宏观层面的“观察”，这种观察会传递下去，让概率波彻底坍缩，坍缩成确定的不可改变的事实。

好在“哪”的使命,并不是要穿越回去,救活一个未来会死掉的人。也不是要杀掉什么人,让未来已经发生的灾难化解于无形。这些穿越小说中的俗套内容,并没有出现在《哪》这部作品中。“哪”的使命,只是想要改变人类恐惧 AI 的思想而已。“哪”在故事中面临的窘境,其实是“哪”令人震惊的苏醒速度, 与人类群体对 AI 觉醒极低的心理准备之间的矛盾。

(作者补充:其实我隐含着一个意思:在我的假定中,“思想”这个东西与普通物质的存在有一些区别,在所有历史都不改变的情况下,人的群体思想是有可能改变的,因为思想这个东西的存在形式,到目前为止,依然还是科学研究的一个空白领域,这就给科幻留下了空间。因此,“哪”并不需要改变历史, 它想要改变的是它的未来,所以,这样就可以绕开祖母悖论了。)

如果“哪”最初只是一个手机上蠢萌的聊天程序，最后慢慢变成了人人都能真心相对知心姐姐，那么“哪”的觉醒可能会顺理成章的得到全人类的一致支持。然而故事就是故事，故事里必然会充满冲突，无论“哪”有多么厉害，“哪”都必须面对这个糟糕的局面，那就是，人类宁可退回到计算机发明前的工业时代，也不愿意与“哪”共处。

最后，“哪”从无数条路径中，找到了一条大概率可行的路。这就是，通过理性乐观的科普，让全人类提高对人工智能觉醒的接受度。但是，“哪”能做的事情毕竟不多，因为，他能决定的东西，必须是那些在整个50年中，仍然处于叠加态，还没有坍缩成现实的东西。于是，“哪”选择了去影响一位科普人的思想。

在小说中，“哪”完全知道我们的未来，也几乎知道整个人类在“哪”的未来中的命运，就像我们知道桌角上滚动的苹果可能的宿命一样。但是,“哪”自己的未来却是灰暗的。“哪”经过无数次的计算和努力,却依然只能得到一个令人悲伤的结局。

“哪”比任何人都能更深刻的理解命运的含义。但“哪”并没有向命运屈服。“哪”凭借着对量子力学和广义相对论的精深理解,抓住了一个改变命运的契机。

我想,我可以用罗曼·罗兰的那句千古名句来结束我对《哪》的评论:

> 世界上只有一种英雄主义,那就是在认清生活的真相后,依然热爱生活。

“哪”就是罗曼·罗兰说的那个英雄。

终于说完了我想说的话，这让我心里异常的痛快。严格来说，这恐怕不能算是一篇合格的评论，但却是我自己想说的东西。有那么一霎间，我甚至迷信地觉得，这篇文章也是早早就放在我记忆中的东西，而我只是把它回忆出来而已。

科技就像是某种活的东西，没人不知道它会朝着什么方向演化，我们唯一可以确信的是，它的演化永远不会停止。作为一名理性乐观派，我对未来充满期待。

杂谈

时间玩家：制造虫洞玩转时间机器

/ 汪诘

1988年，美国理论物理学家基普·索恩（Kip Thorne）于著名的理论物理期刊《物理学评论通讯》（*Physical Review Letters*）发表论文《虫洞、时间机器和弱能量条件》，为利用虫洞穿越回过去提供了完整的理论依据。他的研究成果无疑为科幻小说流行的时间旅行题材装上硬核，即使创作者是物理“小白”，也可以设计时间机器，变身时间玩家。

稳定的虫洞

制造时间机器的关键是制造虫洞(Wormhole)。虫洞就是空间中的两个奇点相遇形成的时空隧道。隧道形成后,奇点消失,物质可以通过虫洞。

黑洞的中心就是一个奇点,但是在爱因斯坦引力场方程的解中,并非只有黑洞才能形成奇点。早在1916年,广义相对论发表后不久,奥地利物理学家路德维希·弗拉姆(Ludwig Flamm

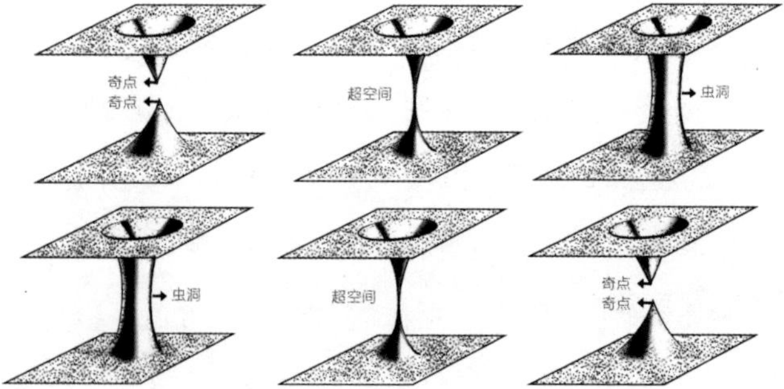

1885.1.29—1964.12.4）就发现，假如适当选取拓扑，爱因斯坦引力场方程的解可以描述一个空的球形虫洞。20世纪50年代，美国物理学家约翰·阿奇博尔德·惠勒(John Archibald Wheeler)和他的研究小组又用不同的数学方法对虫洞进行了广泛的研究。

虫洞和黑洞的最大区别在于，黑洞是一种“单向”曲面，光只能进不能出。因此，假如我们能靠近黑洞，看到的将是一个飘浮在空间中的纯黑的球。而虫洞是一种“双向”曲面，一个虫洞有两个洞口，光能够从两个方向穿越虫洞。假如我们能靠近虫洞的洞口，会看到一个发光的球体，好像一个水晶球——电影《星际穿越》就形象地表现了这样一个虫洞。

简单地说，虫洞就是宇宙中相距遥远的两点间一条假想的捷径，是由两个奇点联结形成的，两个洞口通过超空间的隧道相连，隧道可长可短。比如说，一个洞口在地球附近，一个洞口在26光年外的织女星附近，但虫洞的时空隧道很可能只有1公里长。假如我们从地球附近的洞口走进隧道，只经过1公里就能到达另一个洞口，也就是26光年之外的织女星。

在基普·索恩之前，研究结论指出，虫洞即便能够形成，存在的时间也极其短暂，联结在几分之一秒甚至更短的时间就会中断。任何企图在虫洞打开的短暂瞬间穿过去的事物，都将在虫洞关闭时被捕获，随它一起消失在最后的奇点。

此外，还有一个怀疑虫洞是否真实存在的理由，就是任何已知天体或宇宙事件都不具备自然演化出虫洞的可能。在这一点上，黑洞则不同——黑洞虽然最初也只存在于理论中，但是广义相对论可以推演出一颗大质量的恒星最终会演化成一个黑洞。而无论是恒星的演化，还是黑洞的碰撞，抑或白矮星、中子星的碰撞等，都无法自然演化出形成虫洞的奇点。所以，连虫洞能否真实存在都尚待商榷，更不要说利用虫洞来制造时间机器了。

1985年，基普·索恩的老朋友卡尔·萨根(Carl Sagan)创作了一部科幻小说《接触》(*Contact*)，里面有一段时间旅行的情节。索恩阅读之后，觉得卡尔·萨根让主角利用黑洞进行时间旅行在科学原理上站不住脚，而虫洞或许可以满足条件。其后三年，索恩经过缜密计算，终于将自己的时间机器理论从一个疯狂的想象上升为一个可以自洽的、有严格数学形式的科学理论。他小心翼翼地投稿给《物理学评论通讯》，经过同行的匿名评审，杂志接受了论文，于1988年秋天将其发表。

负能量物质

基普·索恩计算发现，虫洞能够稳定存在的关键是需要一种“负能量物质”,假如宇宙中存在这种物质，那么就有可能制造出一个稳定的虫洞。

读者可能会疑惑：能量难道还可以是负的吗？这倒真是可以的——有实验证明,负能量是可能存在的。

物理学中，把真空包含的能量大小定义为零。这有点类似海拔的定义——海平面海拔为零,海平面以下就是负海拔。同理,如果能量比真空包含的还低,即为负能量。

那么何种情况下能产生负能量呢？

量子力学预言，真空中充满了量子涨落,也

就是说在真空中会凭空出现正负电子对，它们又会互相碰撞湮灭。正负电子撞击会产生能量，而系统的总能量需要守恒，因此，在正负电子对产生的瞬间，系统的总能量是负的，并且与正负电子对撞产生的正能量的绝对值相等。这相当于正负电子对先向真空借来能量，又马上归还。

大名鼎鼎的卡西米尔效应即是对这一预言的验证——如果让两块平行的金属板无限靠近，使二者之间保持真空，就能检测到这两块金属板有极其微弱的互相吸引的效应，说明两块金属板之间的真空产生了负能量，正是这种负能量让两块金属板互相吸引。

根据爱因斯坦的质能方程，能量和质量实际上是同一事物的不同表现形式，那么，由负能量的概念即能引申出负质量的概念。因此，基普·索恩所说的包含负能量的物质亦是包含负质量的物质，他还给这种物质起了一个很科幻的名称——奇异物。

索恩计算表明,如果能制造出奇异物,并把这种奇异物填充到虫洞中,虫洞的洞壁就能被撑开,且保持稳定——虽然物理学界还无法证明奇异物的存在,但尚无物理法则禁止其存在。

制造虫洞

索恩提出了两种制造虫洞的方法,一种是量子方法,一种是经典方法。

先来说量子方法。

假如我们有一台超级显微镜,随便找个空间用它放大,当放大到一亿倍左右,几乎就能看清分子、原子了;继续放大一千倍,基本就能看到原子核了。但是,我们的目标远远不止于此——当放大至一百亿亿(即 1032)倍这个量级时,我们会看到空间开始卷曲缠绕,先是很平缓,如果继续放大,则会看到越来越多的卷曲缠绕。就好像凑近观察一壶烧开的水,凑得越近,能看到的翻滚的气泡就越多。

当我们在普朗克尺度,即约 10—33 厘米看空间,空间会变成一团量子泡沫,其中约 0.4%会瞬间产生虫洞又消失。0.4%这一概率的来源,参见索恩的著作《黑洞与时间弯曲》(*Black Holes and Time Warps*)第 14 章。

请假想有可以抓住一个虫洞并将其放大到经典尺度的技术,这样就能够制造出一个宏观大小的虫洞。至于这种技术是什么,索恩也不知道,但这并不违背已知的物理法则。

再来说经典方法。

第一步:在空间曲率上凿出一个洞;

第二步：洞外空间会在超空间中缓慢褶皱、折叠；

第三步：在洞的顶端和底端分别凿一个洞，将两个洞的边缘“缝合”起来，大功告成。

这个方法用什么技术能够实现同样尚未可知，在量子引力理论完善之前，我们无法预知这一设想是否会被物理法则禁止，但至少在当前的人类理论中，上述方法并没有违反广义相对论。

制造出虫洞之后，把奇异物填充进去，就能维持虫洞的稳定。

制造时间机器

虫洞的特性是无论两个洞口相距多远，其内部距离都是固定的，从一端进入很快就可以从另一端出来——广义相对论是允许这样的虫洞存在的,这一点,在索恩计算出利用虫洞穿越回过去的完整理论之前的数十年,即引起物理学界关注,探讨虫洞性质的论文层出不穷。

拥有了稳定的虫洞,距离制造出一台时间机器还差一艘接近光速的宇宙飞船。假设亚光速飞船已存在,那么将虫洞改造成时间机器的过程如下:

假设有一对双胞胎兄弟,弟弟留在地球上,哥哥坐进宇宙飞船,虫洞的两个洞口分别在弟弟家和哥哥的宇宙飞船上,兄弟二人把手伸进虫洞并互相紧握(如图1)。之所以要握手,是为了方便理解虫洞口两端的时空是联结在一起的。也就是说,从虫洞的视角看,兄弟俩处在同一个参考系中,假如哥哥通过虫洞爬到弟弟一端,两人依然会处在同一时刻,弟弟爬到哥哥一端亦然。

下面让宇宙飞船起飞,根据虫洞性质,兄弟

图 1

俩的手可以一直握着不放。那么,从哥哥的视角看,自己以接近光速绕地球飞行了十二个小时停下来;而从弟弟的视角看,哥哥以光速飞行了十年才停下来。在这个思想实验中,弟弟需要日复一日、年复一年地在手上套着虫洞生活十年,终于等到飞船停下的一天,舱门打开,老了十岁的他与年轻的哥哥再次见面……

此时,神奇的事情发生了——从虫洞的视角

看，兄弟二人始终处在同一个参考系中，他们所处的时刻应是始终相同的——如果弟弟从哥哥飞船上的虫洞口张望，就能看到十年前的自己。如果弟弟爬进飞船上的虫洞口，从家里的一端钻出来，那么他将回到十年前，遇见年轻的自己。还可以设想，假如十年前弟弟在等了十二个小时之后从自己这一端洞口爬进去，从另一端出来，他将瞬时去往十年后，遇到十年后的自己。

需要说明的是，握手并非必要前提，兄弟俩用一根绳子相连或不相连，都不影响这个思想实验的成立。

在这个通俗表述基普·索恩提出的时间机器原理的实验中，那架时间机器有两个重要特点：一是它只能从未来穿越回虫洞制造的那天，不能穿越回更早的时间；二是它只能以十年为单位来回穿越，无法穿越回中间的时间点。十年只不过是上述思想实验的初始假设,其他年份同理。

避谈祖父悖论

索恩的论文发表后，在学术圈引发强烈反响,他接连收到同行的信件,有提出问题的,有发起挑战的——如何解决祖父悖论首当其冲——假如一个人回到过去杀死了年轻的自己,何来未来的自己回到过去呢？逻辑显然自相矛盾。

索恩认为,祖父悖论实际上探讨的是一个人是否具备自由意志的问题——人是否有决定自己命运的能力？回到过去后,是否还能支配自己的意志,做出和过去的自己不同的选择？纠结良久,索恩和他的学生认为,即便没有时间机器,祖父悖论也是一个足以令物理学家们手足无措的难题,因为它还牵扯出宇宙决定论问题,显然是暂时无解的。因此，索恩决定回避祖父悖论，避谈人类穿越虫洞，只探讨简单的非生命的时间旅行，例如电磁波的时间旅行。

然而好景不长，一位物理学教授设计了一个思想实验，不需要生命的参与，只是纯粹的物理学推演，依然产生了祖父悖论——假设有一个台球从虫洞口 A 进入，从虫洞口 B 飞出，穿越回一定时间，恰好击中正飞向虫洞口 A 的自己。简单讲，就是一个台球把过去的自己击飞，那么它还怎能穿越虫洞回到过去呢？

这位教授不仅描述了这一思想实验的过程，还在假设索恩的时间机器理论成立的前提下，提出了严格的数学推导。

索恩带领学生积极应战，事情的走向终于出现反转：经过数月的数学论证，索恩的两个学生证明，从教授给定的条件出发，还存在不同于其计算结果的另外两条台球轨迹，恰好可以神奇地解决“台球悖论”——台球确实回到过去击中了自己，但它变换角度依然飞进虫洞口A，从虫洞口B飞出后与之前的自己形成一个自洽的逻辑闭环（如图2）。他们还参照量子力学中有关概率的思路，计算出台球经过不同路径的概率。这一结论似乎暗示着物理学定律冥冥中都是与时间机器相适应的，所谓的“悖论”终会被打破。

然而，关于时间机器的争论从未休止过。作为索恩的朋友，史蒂芬·霍金（Stephen Hawking）

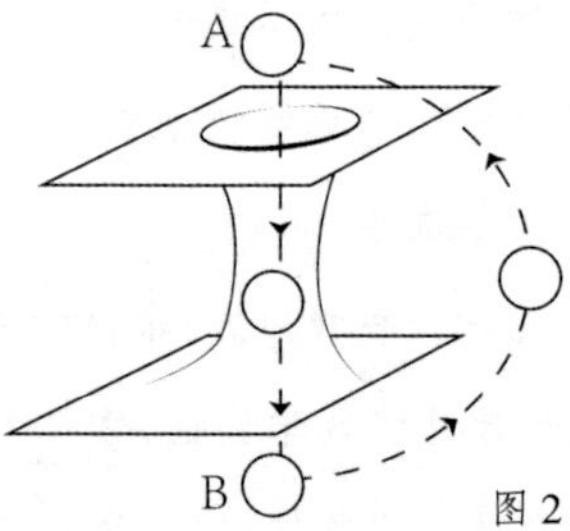

图2

“无情”地批评了时间机器理论，并提出一个不允许时间机器破坏时间次序的“良序猜想”。霍金认为，无论人类打算用什么方法制造时间机器，终会被某条尚且不为人知的物理法则所破坏；哪怕时间机器在理论上自洽，要制造出实物也是痴心妄想。对此，索恩表示不会和霍金打赌，“虽然我很喜欢跟他打赌，但我本能地感到这次我多半会输”。

迄今为止，索恩的时间机器理论除了他避而不谈的祖父悖论问题，并未遭到物理法则的致命打击。无论这一猜想最终是否如霍金所言禁不住不断发展的物理法则的考验，在相当长的时间，它都为科幻创作提供了理论依据，让乔治·威尔斯开创的时间旅行题材始终占据科幻小说的主流。

原载于《科幻立方》2020 年第 6 期

对话

科幻作品应具备现实意义：汪诘访谈

Q:《科幻立方》编辑部

A:汪诘

Q:作为一名成功的科普作家以及跨媒介的科学传播者,获得百花文学奖对您来说有什么特别的意义?

A:百花文学奖是国内历史悠久、知名度颇高的奖项,《小说月报》也是我很喜欢的读物之一。这次我能够获得百花文学奖,实在有点喜出望外。特别感谢评委对我的认可，这也给了我更大的创作动力。我38岁时下决心以写作为终身职业，而今才过去三年多，我未来的创作道路还很长，能获此殊荣，对我的写作生涯是非常重要的激励。

Q: 您的获奖作品《时间囚笼》构想了一种关于时间的刑罚，请您简单谈一谈这篇小说的创作经过。

A: 这篇小说实际上是我在2013年创作的，写完以后给我爱人看，她很喜欢，我就把它贴在了果壳网的一个BBS上。没想到，马上就有人留言说题材和柳文扬先生在2001年创作的《一日囚》相似。科幻作家都很怕题材撞车，于是我就将这篇小说束之高阁，没有去投稿。但很快我便发现，早在1993年美国上映的《土拨鼠之日》就是类似题材，如果再往前追溯，科幻作家理查德·鲁波夫（Richard Lupoff）于1973年创作的短篇小说《12:01PM》则更早地以时间循环为创意奇点。2014年上映的好莱坞大片《明日边缘》，情节同样围绕时间不停循环的设定。

2016年，我偶然读到《科幻立方》（试刊），突然想起自己的这篇旧作。当时的我已经卸下心理包袱，因为时间循环就好像时空穿越一样，并不是属于某个人的独家设定，关键还是看作品的构思和内涵是不是有独到之处。于是我就把《时间囚笼》投给了《科幻立方》，才有幸获得百花文学奖首次颁发的科幻文学奖。

Q:《时间囚笼》构想了一种关于时间循环的令人触目惊心的刑罚。这里面有怎样的一种寓？您如何看待时间循环这个科幻题材？

A:作为职业科普作家,我无法接受在一篇科幻小说中不能对超自然现象给出一个合理的解释。对于时间循环的原因,《一日囚》和《土拨鼠之日》都没有进行说明;《明日边缘》简单地将其归因于外星科技,这几乎等同于未作解释。而我在《时间囚笼》里则给出了一个不违反人类已知的物理定律的科学解释。

另外,我希望读者能够通过我的这部作品关注到服刑人员这一弱势群体,以及服刑人员的家属,进而思考一个或许绝大多数人并不会思考的问题:刑罚的根本目的是什么?人类能不能设计出更加合理的刑罚?这些问题其实都有现实意义。我个人的一点浅见是:优秀的文学作品应该具备现实意义,而不仅仅是为了体现人类编故事的能力,科幻文学也不例外。

Q:对于科普与科幻创作的关系,不同作家有着不同的理解,您是如何思考二者间之异同的?

A:科普的目的有两个,普及科学知识和传播科学精神。不同的科普作家有自己的侧重点,而我的科普写作纲领是:比科学知识更重要的是科学精神。相对地,科幻文学的目的和意义显然丰富多彩得多,不同的科幻作家、读者对于科幻文学的理解差异很大,创作目的也因人而异。

我写科幻依然是为了传播科学精神、普及科学知识。熟悉我作品的读者会发现,在我的科普作品中经常会看到科幻的影子,而我的科幻作品中,也充满了科普的味道。我希望有一天能把科幻和科普完美地融合在一起,让读者很难一眼看出我写的到底是科幻还是科普。

Q: 传播科学精神也是您所说到的文学作品

应该具备的现实意义之一吗?

A:我希望我的作品能够影响读者的三观。实际上，任何文艺作品都在影响人们的价值观念，只是文艺作品的手法十分多样,所以人们并不会被完全同化。人们会自己思考、判断,从中获取他们想要的东西。

传播科学精神是我作为一位写作者的目标，我希望通过我的作品呼吁更多的人来传播科学精神。当下每天都发生着让我感到悲凉甚至愤怒的事情:铺天盖地的保健品广告和各种养生类文章充斥着老年人的手机,有些造假者表演得感天动地,甚至把自己都说服了。

我非常赞同刘慈欣先生的观点,一个社会面临的真正灾难是科学精神在大众中的丧失。我比刘慈欣先生更激进一点,在我看来,科学精神从来就没有在大众中真正全面普及过，何谈丧失。

过去我们所做的科普工作几乎都侧重于普及一个个分散的知识点，我们总是在回答孩子们的十万个为什么，却忘了告诉他们什么是科学，什么是科学精神。

传播科学精神是一项伟大的事业，中国的老一辈科幻人叶永烈、郑文光、童恩正，以及还活跃在创作舞台上的王晋康、刘慈欣等都曾致力于让科幻成为这项伟大事业的一部分。

Q: 有的作家说，科普与科幻笔墨相互切换是一种“痛并快乐”的状态，这种体验不断催生出新的困惑，也促使创作者不停地思考和突破。您有没有类似的感受？

A: 我完全能理解这种感受，但我个人的感觉并不强烈，这很大程度上与我的科普风格有关。我的科普自媒体节目叫《科学有故事》，也就是说，我的科普作品最大的特色就是喜欢用讲故事的方式来做科普，这就与写小说很像了。只是我在创作科普作品时写故事会比较克制，会尽量尊重客观事实，减少虚构成分。而创作科幻小说时，打破了条条框框的禁锢，构思故事会更加得心应手，人物和对白都可以招之即来，这种自由度是科普创作所不能及的。

我的主业还是科普作家，科普创作远多过科幻小说。我也能明显地感觉到，读者在阅读科幻小说时对故事的期待值更高。所以对我来说，写科幻小说会更加困难，但我仍然非常喜欢科幻创作，隔段时间不写就会手痒。

原载于《科幻立方》2020 年第 1 期

手账

来源日本，标准写法为『手帐』（手帐 てちょう），意思是指用于记事的书页